Impressum

Autor: © 2022, Siegfried Klock
                 Am Mittelweg 97
                 26842 Ostrhauderfehn
                 sielok@web.de
                 www.siegfriedklock.de

Layout und Gestaltung:

                 Reepsholter Verlag
                 Langstraßer Weg 8
                 26446 Reepsholt

E-Mail: reepsholterverlag@web.de
Telefon: 04468 1320
Lektorat: Sabine Ehrenberg
Bildrechte :   Siegfried Klock
Karikaturen: Stefan Bents
ISBN: 978 756 215 294

Herstellung und Verlag: BoD – Books on Demand, Norderstedt

Friesenschwur am Upstalsboom

Der Wahnsinn geht weiter

Siegfried Klock

Ostfriesland Krimi

WI SÜND OOSTFREESEN • UN DAT MIT STOLT

EALA FRYA FRESENA

Prolog

Liebe Freunde des Ostfriesland Krimis!

Der zweite Ostfriesland Krimi aus meiner Feder ist nun da. Er knüpft an den ersten Band „Häuptlingstod am Upstalsboom" an, kann aber auch ohne den ersten Band gelesen werden.
Die Geschichten, Personen und Handlungen sind natürlich erfunden, wenngleich die Idee dazu schon einen realen Background hat, denn die Intention unsere Heimat stärker zu machen, wirtschaftlich und politisch aufzuwerten, kommt ja nicht von ungefähr. Diverse politische Parteien sowie Organisationen und Facebook-Gruppen beschäftigen sich auch aktuell mit einer Stärkung Ostfrieslands. Eine Zusammen-legung aller ostfriesischen Kreise zum einheitlichen Regierungsbezirk Ostfriesland, wurde des öfteren in den politischen Raum geschmissen. Somit konnte ich diese Geschichte ein wenig bunt ausmalen und sie mit fiktiven Aspekten versehen.
Es hat mir viel Spaß gemacht und ich hoffe, der ein oder andere von euch freut sich ebenfalls über eine kleine fiktive Reise durch unsere Heimat.

Bedanken möchte ich mich bei allen, die dazu beigetragen haben, dieses Werk zu vollenden. Insbesondere natürlich bei meinem Verlag und bei Stefan Bents, der mir die Karikaturen gemalt hat.

Ein besonderer Dank gilt meiner Frau Waltraut für ihren stetigen Rückhalt sowie meinen Mit-administratoren der Facebookgruppe „Wi sünd Oostfreesen un dat mit Stolt" für die Bereitstellung der fiktiven Charaktere.

Ich wünsche euch nun ganz viel Freude beim Lesen und viele spannende Momente. Gebt mir gerne ein paar Feedbacks dazu.

Euer Siegfried Klock

Inhalt

Zeit zu sterben

Steh auf ......Ostfriesland

Der große Hüne stand vor der Leiche von Jan Nordes. Mit einem gezielten Schnitt hatte er ihm die Kehle zerfetzt. Zufrieden betrachtete er sein Werk. Hier am Upstalsboom in Aurich Rahe, ganz hinten, dort, wo auch zur Zeit der friesischen Freiheit Urteile vollstreckt worden waren, hier lag Nordes nun in seinem Blut. Somit war das Werk vollendet. Endlich war auch der letzte Verräter der friesischen Idee beseitigt. Der Hüne schmückte Nordes noch nach seinen Vorstellungen aus und lachte laut auf. Nun war es Zeit, sein nächstes großes Vorhaben zu planen und zu verkünden.

Dies war der Tag, an dem etwas Neues beginnen sollte, an dem Ostfriesland wieder eine Chance auf eigene Machtstrukturen bekommen sollte. Dies sollte der Beginn einer neuen friesischen Freiheit werden.

Der Hüne ging langsam zurück auf die kleine Lichtung hinter dem Denkmal am Upstalsboom. Hier war zur Zeit der friesischen Freiheit der Versammlungsort der Friesen gewesen. Hier wollte er sein Vorhaben verkünden.

Der Upstalsboom wirkte auf den ersten Blick
ruhig und still – scheinbar friedlich. Rund um die
Lichtung des Denkmals hatte der Hüne schon
vor seiner Gräueltat am alten Hinrichtungsplatz

Fackeln gesetzt und somit die ganze Lichtung erhellt. Cirka vierzig Personen standen am Denkmal und applaudierten ihm mit lauten Hurra!-Rufen bei seiner Ankunft dort. Er verneigte sich vor seinen Anhängern und stellte sich an die Spitze des „Steenbült", wie das Denkmal auch von vielen Besuchern genannt wird. Er rief laut auf und und seine Stimme hallte über den ganzen Platz:

„Eala Frya Fresena!

Der Tag ist gekommen, nun wird Ostfriesland wieder ein freies Land! Brüder und Schwestern, hört mir gut zu, genug des Applauses jetzt. Heute sind wir hier zusammengekommen um unsere erste friesische Streitmacht, den friesischen Widerstand zu gründen. Wir werden gemäß unseren friesischen Idealen wieder für eine bessere Zeit Ostfrieslands kämpfen. Friedliche Ansätze hat es genug gegeben. Denkt nur an die parteipolitischen Versuche, die hier etwas bewegen wollten. Es hat nichts gebracht, rein gar nichts. Wir Ostfriesen bluten aus, wirtschaftlich, kulturell und existenziel. Das darf nicht so weitergehen", redete der Hüne mit klaren Worten. „Lasst uns auf unser Vorhaben schwören, unsere Kräfte vereinen, schlagkräftig und schnell handeln!", der Hüne peitschte seine

Anhänger an. „Die Zeit der friedlichen Versuche in Ostfriesland etwas zu bewegen, ist vorbei. Jetzt kommen wir, und wir werden ohne Kompromisse, ohne Mitleid und ohne Skrupel handeln. Wir werden Terror und Angst verbreiten, unsere Forderungen klar definieren und kühl und bedacht vorgehen. Wir haben Unterstützung bekommen, zu der ich nun noch nicht viel sagen kann, aber sie wird uns immens helfen. Ihr werdet sehen! Seid ihr bereit für unsere Heimat zu sterben?", schrie der Hüne in die Menge.

„Ja, das sind wir!", antworteten die Anwesenden.

„Seid ihr bereit für ein neues Ostfriesland?", schrie der Hüne weiter.

„Ja, das sind wir!", antworteten alle im Chor.

„Und seid ihr bereit mir bedingungslos, ohne jeglichen Widerspruch zu folgen und für unsere Idee zu töten?"

„Ja, das sind wir!", schrien die Anwesenden ihrem Anführer entgegen.

Tosender Applaus begleitete die Zeremonie. Einige Anhänger verneigten sich und klopften dem Hünen auf die Schulter. Er genoss diese Hörigkeit, wenngleich es die eigentlich unter Friesen nicht geben sollte.... Aber für diesen Fall war eine klare, straffe Hand und Führung nötig.

Nur so konnten die gemeinsamen Ziele erreicht werden.

„Jörg, seh zu, dass das hier alles wieder weggeräumt wird und dann übernimmst Du die Koordination der weiteren Schritte, ich ziehe mich zurück. Denkt bitte an eure Tarnung, denn wenn wir auffliegen, ist der Traum von einem freien Ostfriesland dahin", befahl er seinem engsten Vertrauten. „Klar, wird gemacht, hier ist in einer Stunde nichts mehr zu sehen", entgegnete Jörg. Eine Stunde später war der Platz um die Lichtung wieder leer, keine Fackel mehr zu sehen und überhaupt kein Anzeichen dafür, dass sich hier zunächst etwas ganz Schreckliches ereignet hatte. Und auch nicht, dass von hier aus etwas Unvorstellbares geplant wurde.

Nur einer blieb hier, mitten im Dreck, die Leiche von Jan Nordes. Brutal und kaltblütig hingerichtet. Sein Tod war nun das letzte Werk vor dem großen Finale eines kaltblütigen Monsters, mitten in Ostfriesland.

Trügerische Ruhe

Der Mond schien hell, fast magisch, am Upstalsboom in Aurich - Rahe. Ein leichter Wind zischte durch die hohen Bäume. Am klaren Himmel strahlten hunderte Sterne, zwei von ihnen schienen heute besonders hell. Es sah so aus, als erleuchteten sie das ganze Areal um die Kultstätte der friesischen Freiheit, aus der Zeit der freien Friesen. Hinter dem Denkmal kann man so schön rund um das Gelände spazieren gehen und kommt vorne am Denkmal wieder an. Ein sehr friedlicher und ruhiger Ort. Im vergangenen Jahr aber war er Schauplatz und Zentrum einer grausigen Tat geworden. Seit diesem Tag wurde er deutlich häufiger besucht. Oft scharrten sich ganze Menschenmengen hier an den Wochenenden zusammen.

Regelmäßig wurden hier immer noch viele Kerzen und diverse Fotos von Siefke Janssen aufgestellt, um an ihn und seinen bestialischen Tod zu erinnern. Nach Janssen fielen dem Mörder noch drei weitere Menschen zum Opfer. Letztlich war es der Fall um die vier Morde an den Administratoren zweier großer Facebook-Gruppen in Ostfriesland, er hatte eine bundesweite Welle der Empörung ausgelöst. Und so war dieser „Schauplatz" für viele schon alleine aus dem Grund attraktiv, weil der Mörder entkommen war. Mit einer kaltblütigen List hatte er auf dem Weg in die Untersuchungshaft einen Moment der Unachtsamkeit seiner Begleiter genutzt und war geflüchtet. Alle Zeitungen hatten wochenlang darüber berichtet. Seit diesen Taten waren nun circa sieben Monate vergangen und die „Fratze", so wurde der Täter im Umgangston genannt, war wie vom Erdboden verschwunden. Somit war der Upstalsboom natürlich ein wunderbarer Ort für Hobby-Kriminologen und Verschwörungstheoretiker, die alle mehr wussten, als die zuständigen Behörden.

Die beiden Facebook-Gruppen waren immer noch aktiv, nach den Morden sogar um mehrere Tausend Mitglieder vergrößert. Die Organisation wurde nun von den noch lebenden Administratoren weitergeführt. Torre Breedenbeek, eben die „Fratze", auch ein ehemaliger Administrator sowie seine Lebenspartnerin Tanja Dusends, hatte man natürlich ausgeschlossen. Tanja litt noch sehr unter den Taten ihres Lebenspartners und war seit der Zeit in einer geschlossenen psychiatrischen Abteilung der Klinik in Emden untergebracht. Breedenbeek hatte bis dato nicht einen Versuch unternommen, Kontakt zu ihr aufzunehmen. Die Fahndung nach dem Monster aus Ostfriesland lief immer noch auf Hochtouren und überall wurden Fotos von ihm gezeigt und ausgehängt. Seinen Namen, die „Fratze", bekam er übrigens aufgrund seiner Gesichtsbemalung in den ostfriesischen Farben schwarz-rot-blau.

Bei seinem letzten Mordversuch im Heseler Wald war ihm aber ein entscheidender Fehler unterlaufen. Er wurde am Tatort verhaftet, bevor er sein Opfer Jan Nordes, ebenfalls ein ehemaliger Administrator der Facebook-Gruppe „Wi sünd Oostfreesen un dat mit Stolt", töten konnte. Hauptkommissar Okko Bruns von der Auricher Kripo, Soko Leiter der Ermittlungen, war überzeugt, durch diesen Umstand an Breedenbeek zu gelangen. Jan Nordes wurde ständig überwacht, und sobald Breedenbeek sich noch mal nähern würde, könnte die Falle erneut zuschnappen und dann endgültig. Dass Nordes zu diesem Zeitpunkt schon das Zeitliche gesegnet hatte, wusste noch niemand.

Edda und Hermann Tütjer spazierten an diesem wunderschönen Abend wieder mal die große Runde um den Upstalsboom. Hinter dem Denkmal gab es eine kleine Lichtung. Ein weiterer Weg führte bis ans Ende des Areals. „So schön hier, Edda, und so ruhig", Hermann Tütjer nahm seine Edda in den Arm und drückte sie an sich. „Ja Harm, ich liebe diesen Platz, er strahlt eine besondere Kraft aus", hauchte Edda in Hermanns Ohr. „Schau mal, schon wieder eine Feentür im Schein der Sterne, so schön, ob da wohl ein Friesenkiesel liegt?", freute sich Edda. „Warte", Hermann nahm sein Handy und schaute hinter die kleine bunt bemalte Holztür am Baumstumpf. „Ja, es liegt ein bemalter

Kiesel dort, toll diese Farben, ich mach schnell ein Foto", antwortete Harm. In diesem Moment stieß Edda einen lauten Schrei aus, rannte wieder auf Harm zu und zitterte am ganzen Körper. „Harm, Harm, da hinten liegt jemand, ganz viel Blut, der Hals blutet, schnell, ruf den Notarzt, die Polizei, schnell bitte!"

Terror in Weener

„Wieder mal Regen, Regen, Regen", Johann saß am Schreibtisch und schaute aus dem Fenster. Er dachte an den Geburtstag seiner Schwester, wo nun wieder die gesamte Familie saß, außer ihm. Als Wachmann des Materiallagers in Weener, eines Depots der Bundeswehr, hatte er wieder mal das große Glück der Wochenend-nachtschicht.

Die Stadt Weener, eine kleine malerische ostfriesische Hafenstadt, wurde 951 das erste Mal erwähnt. In der Kernstadt leben aktuell circa 6700 Einwohner. Das Materialdepot in der Nähe der Stadt ist ein bedeutender Arbeitgeber. Es wurde zwar in den letzten zwanzig Jahren erheblich rationalisiert, zählt aber immer noch zu den sicheren Arbeitsplätzen in der Region. In der Altstadt kann man am Hafen die wunder-schönen alten Plattbodenschiffe bestaunen, und auch sonst ist Weener eine sehr idyllische Stadt.

Man merkt aber, dass sie immer im Schatten der Kreisstadt Leer steht, sowohl bezüglich des Arbeitsmarktes als auch wegen der Vielfalt der Geschäfte. Leer ist als Shoppingstadt bekannt, Weener eher nicht. Aber auch in Weener gibt es reizvolle Einkaufsmöglichkeiten.

Mit einem weiteren Kollegen einer Zivilwache verrichtete Johann Neddermann nun seit circa 25 Jahren den Dienst hier im Materiallager und meistens war es mega langweilig, bis auf die wenigen Rundgänge pro Nacht. „Derk, wi mutten noch uns Runde maaken!", rief Johann seinem Kollegen zu, der gerade damit beschäftigt war, Tee aufzusetzen. Die Teezeremonie war auch hier im Materiallager, wie im Rest von Ostfriesland, ein absolutes „Muss". „Jo, ik bün futt sowiet, Johann, Tee kann treken, denn man los mit de Peer." Derk und Johann machten sich auf den Weg zu den einzelnen Depoträumen. In einigen lagerten Vorräte, in einigen technische Geräte, aber auch ein Waffendepot gehörte zum Kontingent des Materiallagers in Weener. In diesem lagerten 300 G36 Sturmgewehre, diverse Kisten mit Sprengstoff, 400 Handgranaten, 150 P7 Pistolen sowie 100 MP 7, eine vollautomatische Maschinenpistole, die selbst die Anforderungen der Nato noch übertraf. Auf ihrem Rundgang zum Depot bemerkte

Neddermann, dass die Außentür weit offen stand. Er stürmte mit seinem Kollegen in das Depot und schaltete das Licht im Vorraum ein. In diesem Moment bekam er einen dumpfen Schlag auf den Hinterkopf, er fiel nach vorne und mit dem Kopf auf den harten Betonboden. Sein Kollege Derk war circa zwei Meter hinter ihm, er zog seine Waffe und sah vier vermummte Gestalten. Sie waren alle uniformiert, trugen ein Zeichen auf dem linken Ärmel und die Ostfrieslandflagge auf dem rechten Ärmel. „Hände hoch, was soll das hier, seit ihr wahnsinnig, ich schieße!" Derk schrie die Vermummten an. Im selben Moment bekam auch Derk einen Schlag auf den Hinterkopf und fiel neben Johann auf den Beton. Die fünfte Gestalt hinter der Tür war von keinem der beiden bemerkt worden. Es ging alles zu schnell. Derk hätte es ahnen müssen, er hätte so handeln müssen, wie es im Training immer geübt wurde. Einer sichert den anderen, aber Theorie und Praxis liegen bei einem Notfall dann doch weit auseinander.

„Los, wir müssen einpacken, wir werden hier nicht mehr lange alleine sein", rief einer der Vermummten. Es schien der Anführer zu sein. Er peitschte die anderen mit harschen Worten an. Auf dem Weg zum Transporter verloren die Maskierten eine Kiste mit Handgranaten, sie blieb einfach liegen. Alles in allem dauerte die ganze Aktion knapp 15 Minuten, und dann waren 50 Gewehre G36, 10 Pistolen P7, 50 Maschinenpistolen MP7, zwei Kisten Handgranaten und drei Kisten Sprengstoff verstaut. Die beiden Wachsoldaten blieben bewusstlos liegen. Kein Alarm, keine weiteren Wachmänner, die im Weg standen. Die Vermummten rasten mit ihrem Transporter Richtung Leer, doch kurz vor der Jann- Berghaus-Brücke blitzte es dann aber einmal richtig hell auf. Eine mobile Radarkontrolle machte mal wieder „Nachtaufnahmen". Gut, dass die Insassen noch maskiert waren, sonst wären sie leicht zu identifizieren gewesen.

Als die beiden Wachmänner wieder zu sich kamen, war die Aktion vollendet und keiner der beiden konnte es fassen. In ihrer gesamten Dienstzeit war es nicht zu einem Vorfall wie diesem gekommen. „Deerk, wi mutten Polizei ropen, sofort", rief Johann aufgeregt. „Ik hebb de all ant Ohr", antwortete Deerk. Zehn Minuten später war die Leeraner Polizei vor Ort. Hauptkommissar Peter Jensen und Kommissarin Ilka Pommer nahmen die Ermittlungen federführend auf. Sie staunten nicht schlecht über die üppige Beute. „Herr Neddermann, was können Sie uns über die Täter sagen, alles ist wichtig, alles",

Jensen verlieh seiner Frage durch die Wiederholung und die gehobene Stimme Nachdruck. „Das waren vier Vermummte, nee fünf, einer stand ja hinter der Tür. Alle hatten Armeeuniformen an und sie trugen ein Zeichen auf dem linken Arm, auf dem rechten Arm eine Ostfrieslandflagge", stotterte Neddermann. „Was war das für ein Zeichen?", hakte Ilka Pommer nach. „Keine Ahnung, irgendwas mit Händen, ich konnte das so schnell nicht sehen", antwortete Neddermann. „Okay, begeben Sie sich erst mal in Behandlung, wir sprechen später weiter", beruhigte Jensen den Mann. Nachdem auch sein Kollege befragt worden war, nahm die Spurensicherung ihre Arbeit auf. Auch der Kommandeur und der Sicherheitschef der Wachfirma waren mittlerweile eingetroffen. Sie schüttelten nur mit dem Kopf, keiner hatte jemals mit einer solchen Aktion gerechnet. „Wie sind die hier überhaupt so rein gekommen", Pommer hakte bei dem Sicherheitschef nach. „Wir wissen es noch nicht ganz genau. Sicher ist, dass die gesamten Alarmsysteme und die Kameras ausgeschaltet wurden. Das Wachpersonal hatte keine Chance, die Monitore waren mit Standbildern gefaked", versuchte der Sicherheitschef den Vorfall zu entschuldigen. „Okay, das war es erst mal, wir werten die

Spuren alle aus und sichern die Daten der Rechner. Halten Sie sich bitte zur Verfügung", Jensen zeigte auf den Sicherheitschef und den Kommandeur. Sie nickten bereitwillig und wendeten sich den beiden Wachmännern zu.

Bruns dreht durch

„Was ist denn schon wieder?" Okko Bruns genoss gerade seinen heiß geliebten Ostfriesentee. „Lana möchte morgen ihren Dienst wieder antreten, Okko." Lennert Jakobs stand vor Bruns Schreibtisch und schaute ihn wie ein Hündchen an. „Ich hab doch gesagt, sie soll sich auskurieren, verdammt noch mal, sie ist doch noch gar nicht in der Verfassung wieder voll dabei zu sein", Okko Bruns zischte verärgert in seine Teetasse. „Chef, sie ist soweit, sie hat das Ganze gut verdaut und sieben Monate sind ja beileibe auch eine lange Zeit", Lennert verbürgte sich für Lana Booken.

Kommissarin Lana Booken war vor sieben Monaten von Torre Breedenbeek niederge-schossen worden. Nur durch die kugelsichere Weste hatte sie überlebt. Nach der Flucht von Breedenbeek, der „Fratze", hatte Lana sich die Schuld gegeben und war am Boden zerstört. Sie hatte sich immer wieder gefragt, warum sie im entscheidenden Moment nicht achtsam gewesen war. Die ganze Aktion mit dem Halt in Bagband auf der Fahrt ins Untersuchungs-gefängnis, war von Breedenbeek eiskalt geplant worden und Lana hätte es wissen müssen. In dem Moment war sie aber wohl so euphorisch über den Fahndungserfolg und hatte unbedacht gehandelt. Durch ihr unbedachtes Handeln konnte Breedenbeek schließlich fliehen und war immer noch auf der Flucht.

„Dann lass sie wiederkommen", gab Bruns nach, „sag ihr Bescheid, Lennert." „Top, Chef, sie wird sich freuen", grinste Jakobs.

„Bruns hier, Hauptkommisar Bruns, Kripo Aurich, was kann ich für Sie tun?" Bruns nahm ein Telefonat an. „Was, wie bitte, wo, oh nein, okay, wir kommen sofort", Bruns legte hastig auf. „Jakobs, wir müssen sofort los, jetzt, und mit Lana, ruf sie an, sie soll heute anfangen und sofort zum Upstalsboom fahren, wir haben eine männliche Leiche. Scheint, die ,Fratze' Breedenbeek hat wieder zugeschlagen", Bruns schlug mit der Faust auf den Tisch. „Verdammt noch mal, was eine Scheiße, ich dreh noch durch hier", Bruns bekam sich gar nicht wieder ein.

Am Tatort angekommen, stand Lana schon am Denkmal. Sie war mit ihrem Privatwagen ge-kommen und auch die Spurensicherung aus

Aurich war schon vor Ort. Etliche Polizisten sicherten das gesamte Gelände um den Upstalsboom. Zwei von ihnen befragten die Tütjers nach ihren Beobachtungen. „Hallo Okko, ich möchte mich noch eben schnell bedanken, dass ich wieder zu euch stoßen darf, ich bin wirklich wieder voll einsatzfähig und ich verspreche Dir, zukünftig achtsamer zu sein", Lana wollte Okko die Hand geben, der winkte aber ab. „Passt schon Lana, nimm Deine Arbeit auf und entäusche mich nie wieder", Bruns sah sie mahnend an. „Also, Papperlapapp beiseite, was haben wir, was wissen wir, und wo liegt überhaupt die Leiche?" Bruns sprach einen der Beamten an. „Moin Herr Bruns, Kommissar Michels mein Name, die Leiche liegt ganz hinten am Ende des Geländes auf einer kleinen Anhöhe. Ich begleite Sie eben, aber das sieht nicht schön aus, ich möchte Sie nur warnen." Bruns, Booken und Jakobs folgten dem Beamten. „Ach watt mien Jung, ik hebb all Leichen seen, dor hest du noch in Sand spölt", lachte Bruns Michels an. Auf einem Baumstumpf, an einer kleinen Anhöhe, lag die Leiche eines Mannes mittleren Alters. Die Kehle war durchgeschnitten, der Boden getränkt mit Blut. Seine Wange war mit schwarz-rot-blauen Farben bemalt, wie eine Flagge. Auf dem Boden war etwas in den Sand geschrieben. In großen Buchstaben stand dort „VERRIEDER". „Was soll das heißen", schaute Bruns Lana und Lennert fragend an. „Keine Ahnung", erwiderte Jakobs. „Warte mal Okko", sagte Lana, „ich glaube es zu wissen." Sie googelte kurz im Handy und kam auf Okko Bruns zu. „Das ist friesisch und heißt ‚Verräter', sieht ganz nach einer Rachetat aus, Okko." „Wer ist der Mann, er kommt mir bekannt vor", fragte Bruns, „wissen wir es schon?" „Ja Okko, es ist Jan Nordes, der dem Breedenbeek vor sieben Monaten davongekommen ist", sprudelte es sofort aus Lana heraus. Sie zitterte am ganzen Körper und augenblicklich wurde ihr die Situation in Bagband wieder bewusst.

Als die Fahndung nach Breedenbeek in die entscheidende Phase trat, waren Lana und ihr Kollege Jacobs ihm so dicht auf den Fersen, dass sie ihn im Heseler Wald stellen und verhaften konnten, bevor dieser seine geplante Bluttat an Jan Nordes und dessen Freundin vollbringen konnte. Die beiden Polizisten bewahrten das Paar vor dem sicheren Tod. Und dann, dieser kurze Moment der Unachtsamkeit auf dem Weg nach Aurich in‘s UG, auf dem Parkplatz in Bagband......Es war so einfach für Breedenbeek gewesen, so einfach, die beiden Polizisten zu überrumpeln. Und dann der dumpfe Schlag der Kugel, die Breedenbeek auf Lana abgefeuert hatte. Ihre kugelsichere Weste hatte zwar gehalten aber der Schmerz des Aufpralls war gewaltig gewesen. Lana war sofort in sich zusammengesackt.

Nun stand sie vor der Leiche des Mannes, den sie vor sieben Monaten gerettet hatte. Sie begann augenblicklich an zu weinen, alles kam wieder hoch. Sieben Monate waren dann halt doch nicht lange genug. Alles war, als wäre es gestern geschehen und nun dieser grausige Anblick.

Ostfriesland in Gefahr

Formieren

„Schieb mal ein Bier rüber", Torre Breedenbeek ranzte Arnold Coordes an. Coordes war einer der verbliebenen Admins der Facebook-Gruppe „Wi sünd Oostfreesen un dat mit Stolt". Er und Jörg Straaten hatten sich der Bewegung um Breedenbeek angeschlossen und leiteten auch noch immer die Facebook-Gruppe.

Breedenbeek hatte sie lange umworben und ihnen Macht und Geld versprochen, wenn sie an seiner Seite kämpften. Coordes versprach sich außerdem einen Einfluss in der Facebook-Gruppe, die nun über 20.000 Mitglieder hatte.

Man konnte ja nie wissen, wann man das mal bräuchte. Neben Coordes und Straaten saßen noch circa 35 Männer und zwei Frauen in Armeeuniform in einem dunklen Raum.

Breedenbeek öffnete die Bierflasche mit seinen Zähnen. „So, nun passt mal auf", Breedenbeek schaute düster in die Runde. „Ich will, dass jeder von euch seinen einstudierten Plan singen kann, da darf nichts schief gehen, keine Patzer, keine Fehltritte." Ein breites Raunen und Nicken machte die Runde. „Was ist, wenn trotzdem etwas schief läuft, brechen wir dann ab?" Coordes sah Breedenbeek fragend an. „Nein, natürlich nicht!", fauchte Breedenbeek. „Jeder hat seinen Ersatzplan, Du Schwachkopp, jeder, auch Du, wer versagt, sieht sich in Walhalla wieder, dafür sorge ich persönlich!" „Ist ja gut, sorry", Coordes begriff in dem Moment, dass er besser nicht gefragt hätte.

Die Planung war kompliziert gewesen und Breedenbeek hatte nach seiner Flucht in Bagband sofort damit begonnen. Er hatte sich in unzähligen Verstecken, Dreckslöchern und Ruinen in Ostfriesland aufgehalten. Was er immer dabei hatte, war sein Schwert und seinen Plan.

„Jörg, was ist mit den Waffen, sind die alle in Ordnung und einsatzfähig?" „Ja Torre, alles fertig, ich habe sie selber alle überprüft", Straaten wirkte zuversichtlich. „Okay, dann kann es losgehen und in Ostfriesland wird sich bald viel verändern. Ich hoffe, euch ist allen klar, dass ihr dabei euer Leben lassen könntet", warnte Breedenbeek. Wieder eine breite Zustimmung in der Runde, alle nickten und hielten ihren tätowierten Arm in den Raum. EALA FRYA FRESENA stand in Wellenform darauf geschrieben, darunter die Flagge Ostfrieslands in schwarz-rot-blau. „Morgen abend geht es los, sobald ich mein ‚Go' gebe, besetzt ihr die Sender. Ich komme direkt dorthin. Jörg, Du wirst dort das Kommando übernehmen", Torre Breedenbeek schaute Straaten einschwörend an. „Ja, klar, ich weiß Bescheid, an uns kommt niemand vorbei", beruhigte Straaten seinen Anführer.

Neue, alte Soko Aurich-Leer
„Wo bleibt mein Tee?" Bruns wütete wieder mal durch's Büro. „Kommt gleich, kommt gleich, gut Ding will Weile haben, Okko." Lana Booken kam mit einer frischen Kanne Tee in den Besprechungsraum der Auricher Kriminalpolizei. „Wo sind die Leeraner, kennen die keine Uhr?" Bruns polterte Lana an. „Okko, es ist gerade mal halb acht, die kommen gleich,

außerdem ist das doch eine reine Info-Runde. Der Mord ist hier bei uns in Aurich geschehen, die Leeraner sind heute nur hier, weil es in Weener einen Einbruch in das Marinedepot gab und Du ja gleich eine Verbindung siehst", Lana wirkte ungehalten. „Du wirst sehen, ich behalte recht", Bruns schlürfte genüsslich seinen Tee. „Ich behalte recht, Lana, der kranke und durchgeknallte Breedenbeek wird uns noch eine Weile beschäftigen, glaub's mir!"

Die beiden Kriminalbeamten Ilka Pommer und Peter Jensen waren inzwischen eingetroffen und setzen sich zu den Auricher Kollegen in den Besprechungsraum. „Moin, schön euch wiederzusehen, wenngleich der Grund ein sehr tragischer ist. Hier ist erst mal eine Tasse Tee für euch", Bruns schüttete den beiden Leeraner Kollegen Tee ein. „Nun, denn", fuhr Bruns fort, „es geht mir um einen Zusammenhang zwischen dem aktuellen Mord an Jan Nordes am Upstalsboom und dem Einbruch in Weener. Es steht außer Frage, dass Torre Breedenbeek für den Mord an Nordes verantwortlich ist. Die gefundenen DNA-Spuren weisen klar auf ihn als Täter hin, er macht Fehler und wir konnten ihn klar als dringend Tatverdächtigen verifizieren." Bruns stellte die Fakten an die große Glaswand im Besprechungsraum. „Warum gehen Sie von einem Zusammenhang zwischen den Taten in Aurich und Weener aus, Herr Bruns, was macht Sie da so sicher?", hakte Pommer nach.

„Na, Breedenbeek hat fast sieben Monate im Nirvana verbracht, wie vom Erdboden verschwunden. Sein ‚Friesenwahnsinn' ist ja nun weitläufig bekannt, seine Art zu töten und seine Grausamkeit ebenfalls. Beide Taten geschahen in unmittelbarer Folge, und in Weener wurde uns von Uniformen mit irgendwelchen Zeichen auf dem Arm berichtet", stellte Bruns in den Raum. „Scheiße Mann, wenn das man nicht alles nach Breedenbeek stinkt, fress ich ein Pfund Tee aus der Dose auf!", ergänzte er schnell. „Okay, gehen wir mal davon aus, dass der Mord ein Teil seiner noch folgenden Taten ist, was hat er denn Ihrer Meinung nach vor?" Jensen sah Bruns fragend an. „Ne ganz klare Antwort, Herr Jensen, Breedenbeek plant einen terroristischen Anschlag in Ostfriesland. Warum auch immer, da bin ich mir absolut sicher!" Bruns zeigte mit dem Laserpointer auf die Glastafel und punktete immer wieder auf Breedenbeeks Gesicht. „Wie wollen wir vorgehen?" Lana Booken schaute fragend in die Runde. „Das Ganze wäre dann doch eine Nummer zu groß für uns hier, da wäre das BKA, LKA und der Verfassungsschutz wohl die nächste Anlaufstelle für uns. Wir müssen bei einem solchen Verdacht reagieren und die entsprechenden Stellen einschalten", stellte Ilka Pommer fest und schaute beschwörend in die Runde. „Bullshit, Papperlapapp", grummelte Bruns, „wir müssen erst mal gar nichts. Es gibt einen Mord und einen Diebstahl von Bundeswehreigentum. Das in Weener regelt der Bund über seine Organe in Zusammenarbeit mit der Polizei. Hier in Aurich ist es erst mal der Mord, der aufgeklärt werden muss, respektive Breedenbeek dingfest zu machen. Der Zusammenhang ist erst mal reine Intuition, mehr nicht. Wir machen die Pferde nicht vor'm Rennen verrückt!" „Okay, also, wie vorgehen, wie nun agieren?" Lana wiederholte ihre Frage. „Wir werden ab sofort unter der Hand mit Leer zusammenarbeiten, das Umfeld von Jan Nordes noch mal beleuchten und parallel in Weener nach Spuren schauen, die auf Breedenbeek hinweisen könnten", sagte Bruns weiter und ergänzte: "Wir lassen uns von unseren Leeraner Kollegen in die laufenden Ermittlungen bezüglich des Einbruchs in Weener einbinden, als Unterstützung unsererseits. Im Gegenzug versorgen wir Leer mit allen Informationen, die wir über Breedenbeek ermitteln." „Ich weiß nicht, wie unser Chef das sieht", entgegnete Ilka Pommer, „die Begründung ist recht dünn." Bruns schaute in Pommers Richtung: „Das ist mir, gelinde gesagt, scheißegal, Frau Pommer. Ihr Chef hat nicht in Bagband mit dem Leben gekämpft. Er kennt weder Breedenbeek, noch seinen Wahnsinn. Wir alle hier wissen und spüren aber, dass die Taten einen gemeinsamen Nenner haben könnten! Was haben wir denn nun aus Weener schon an Fakten?", richtete Bruns seine Frage an die Leeraner Kollegen. „Nun, wir haben die Uniformen, eine Art Wappen auf den Ärmeln und die Anzahl der Täter", gab Pommer preis. „Es waren fünf Personen, vier davon konnten die Wachmänner zumindestens sehen. Der fünfte stand ja hinter der Tür." Lana kam aufgeregt wieder in den Besprechungsraum. „Okko, Okko, wir haben gerade einen DNA-Abgleich aus Weener bekommen, es ist die DNA von Torre Breedenbeek, er war also da, er war in Weener. Deine Intuition war 'ne Punktlandung!"

Am Tisch wurde alles still. Okko Bruns triumphierte nicht, er schaute starr in den Raum, alle anderen auch. Alle begriffen sofort, hier ging es nicht mehr um die Gefahr für einzelne Personen, hier ging es um Ostfriesland, um Heimat und um Terror. Torre Breedenbeek hatte sich neu formiert, vom Mörder zum Terroristen. Er hatte Großes vor, ganz Großes. Ein kalter Schauer durchfuhr augenblicklich den ganzen Raum. Stille, pure Stille, nur der Atem der fünf Beamten war zu hören. Was hatte dieser Wahnsinnige vor? Eines war sicher, ganz Ostfriesland schien nun in akuter Gefahr!

Friesischer Rundfunk
Der friesische Rundfunk, mit Sitz in Friedeburg, ist ein regionaler Fernsehsender, überwiegend für die Region nordwestliches Niedersachsen. Er wurde 2005 gegründet und nahm seinen regulären Sendebetrieb ab dem 19. September 2005 zunächst aus Hinte, dann aus Sande und schließlich seit 2010 aus Friedeburg, auf. Neben Radio Ostfriesland ist er eines der beliebtesten Medien in ganz Ostfriesland und überzeugt mit regionalen, aber auch überregionalen Berichten. „Kannst Du morgen meine Sendung übernehmen?" Heinrich Tammenburg nickte auf die Frage von Gerd Jommelsen. „Ja klar kann ich das", erwiderte er. „Bin morgen eh hier, möchte noch ein paar Schnitte machen, das passt", ergänzte er. „Super, mein Vater hat Geburtstag und wir wollen ihn zum Essen einladen", antwortete Gerd erleichtert. „Puh, ich dachte schon, dass das nicht klappt", schob er hinterher. Die beiden Redakteure waren zugleich auch Moderatoren und Themenfinder im

Sender. Unterstützt wurden sie im normalen Sendebetrieb von Technik und Kamera. Alles andere schmissen die beiden selbst. Am folgenden Dienstag sollte ein Beitrag über das neue Wikinger Restaurant in Großefehn gesendet werden. Das Restaurant war in dieser Form einmalig in Ostfriesland. In einer echten Wikinger Halle, einer detailgetreuen Ausstattung und mit einer tollen Speisekarte nach nordischer Art. Tammenburg war an zwei Tagen dort und hatte den Beitrag erstellt.

„Okay, dann fahre ich nun erst mal nach Hause, Heinrich!", rief Gerd Jommelsen Tammenburg zu. „Wir sehen uns dann Mittwoch wieder", schob er nach. „Ja, alles klar, bis denne", erwiderte Tammenburg und schloss die Türen zum Studio. Auch er musste heute früh zu Hause sein. Seine Frau erwartete ihn schon, die beiden waren auf ein Filmfestival in Emden eingeladen worden. Das konnte Tammenburg sich natürlich nicht entgehen lassen. Da war die Elite der ostfriesichen Haute Volaute. Er setzte sich in seinen nagelneuen SUV und brauste voller Vorfreude nach Hause.

Radio Ostfriesland
Radio Ostfriesland ist DER RADIOSENDER in Ostfriesland. Bereits 2000 startete der Sender

sein Radioprogramm in und für Ostfriesland. Die Sendelizenzen wurden zu Beginn nur für zwei Jahre ausgegeben. Der Sender konnte mit seiner Beliebtheit aber schnell Boden in Ostfriesland gut machen und sendet somit noch immer. Die Lizenzen waren immer wieder verlängert worden. Eines der Studios des Senders liegt in der Altstadt von Leer. Von hier aus wird zwar nicht ständig gesendet, da der Hauptbetrieb über die Zentrale in Emden läuft, aber der Standort Leer ist für viele Sendungen perfekt im Zentrum der Stadt. Außerdem ist der Sender ja auch dem Bürgerfunk verpflichtet. Dieses Abendprogramm berichtet oft über private Gruppen und Vereine, oder eben auch über Musikfreunde, die gern ein bisschen Programm machen wollen.

In dieser Woche war der Sender in Leer nicht besetzt, der Sendebetrieb lief diese Woche ausschließlich über Emden. Torre Breedenbeek wusste das. Einer seiner Mitstreiter hatte jahrelang Programm hier gemacht. Er kannte sich mit dem Sendebetrieb sehr gut aus. Genau so einen brauchte Breedenbeek für sein Vorhaben. Er und Jonas Bloem standen gegenüber des Studios und beobachteten das Gebäude. „Bist Du Dir sicher, dass morgen abend keiner hier ist?", fragte Torre. „Nee, Torre, morgen ist da keiner, ich glaube die ganze Woche nicht, vertrau mir, ich mach das morgen schon", beruhigte Jonas seinen „Chef". „Okay, Du weißt was zu tun ist, Du hast Deinen Text und ich will hier keine Toten, verstehst Du mich?" Torre sah Jonas fordernd an. „Torre, wenn ich Dir das sage, kannst Du mir das glauben, ich weiß genau, was ich tue. Zur Not nehme ich eine Wumme mit, um das Ganze im Notfall nicht zu gefährden, aber dazu wird es nicht kommen!" „Jonas, keine Toten, keine Verletzten, kein Kratzer an irgendeinem, es sterben noch genug!", drohte Torre eindringlich.

Was tun?

Okko Bruns und seine Kollegen aus Aurich und Leer schauten immer noch wortlos auf die Pinnwand. Ihnen war klar, dass Breedenbeek die Waffen und Munition nicht zum Spaß geklaut hatte. Er plante etwas, etwas ganz …….. oh Mann! Etwas ganz Schreckliches.

„Was wollen wir nun machen, wie wollen wir vorgehen, wen holen wir mit ins Boot, wen benötigen wir?" Lana stellte die Fragen verzweifelt in die Runde. „Es ist doch nun klar, dass Breedenbeek dahinter steckt", ergänzte sie noch. „Wir müssen die Landesbehörden einschalten, das ist eine Sache für das Landeskriminalamt und eventuell für den Verfassungs-schutz", fiel Ilka Lana ins Wort. „Nein, erst mal nicht." Okko Bruns haute mit der Faust auf den Tisch. „Scheiße Mann, wir ermitteln erst mal selber", schoss er nach. „Wir erhöhen mit einer ostfrieslandweiten, verschärften Fahndung erst mal den Druck auf Breedenbeek, er darf sich nirgendwo mehr sicherfühlen. Ich fordere Unter-stützung aus Wittmund und Emden an, wir suchen jede beschissene Ecke nach ihm ab. Wir werden eine Polizeipräsenz auf die Straße bringen, wie sie Ostfriesland noch nie gesehen hat. Wir informieren die Medien mit Fahndungs-fotos und lassen das volle Programm laufen", Okko redete sich in Rage. „Okko, wo willst Du denn ansetzen? Breedenbeek hat sich die letzten Monate geschickt versteckt. Jeder Kontakt zu seiner Freundin oder der Familie wurde überprüft, er hat sich von allen fernge-halten, nur um den Anschlag auf das Marine-depot Weener zu planen und durchzuführen. Wir haben nichts davon bemerkt", Lennert sah Okko fragend an.

„Setz mal 'ne Kanne Tee an, Lana, dann kann ich besser denken", Okko grübelte vor sich hin und biss sich auf die Lippen. „Er hat Nordes umgebracht, das war sein erstes Ziel, wohlweis-lich am Upstalsboom, um uns zu zeigen, er ist noch da. Er macht das mit Berechnung und ergötzt sich an unserer Lage", brachte sich Ilka Pommer ein. Nun wurde Peter Jensen munter, er hatte bis dato nichts gesagt: „Er plant einen Anschlag und er will etwas von uns, von der Regierung oder was weiß ich. Er würde nie so unvorsichtig vorgehen, seine DNA war eine Warnung, wir sollten es wissen." „Das könnte passen Peter", Lana himmelte diesen Peter Jensen an, sie strahlte bis über beide Ohren und wurde leicht rot. „Warst Du in der Sonne, Lana? Du siehst wie gegrillt aus, Deine Backen platzen ja gleich", scherzte Okko Bruns. „Okko, ich war gestern abend auf der Sonnenbank, aber das geht Dich absolut nichts an", log Lana erschrocken. „Na, denn lass die mal zwei Wochen weg, sonst gehst noch als Grillfleisch durch!", lachte Okko, und Peter schaute verlegen auf den Boden, er hatte sofort verstanden. „So Leute, auf geht's!" Okko schlürfte genüsslich seinen Tee, den Lana frisch gemacht hatte. „Jeder hat erst mal eine Aufgabe. Wir warten die nächsten zwei Tage noch mit einer Info an die Landesbehörden. Wenn sich bis dahin nichts getan hat, entscheiden wir neu. Ich will jede noch so kleine Neuigkeit von euch sofort auf diesen Tisch, jede", befahl Okko seinen Kollegen. Alle nickten und stimmten erst mal zu, wenngleich auch allen Anwesenden im Moment ziemlich flau im Magen war.

Die Bedrohung

Stimmenfang

Bei der letzten Landtagswahl am vergangenen Wochenende, war die Partei „Vereinigtes Friesenland" mit knapp 4,8 Prozent an der berühmten 5 Prozent Hürde vorbeigerutscht. Wider allen Erwartungen konnte sie bei ihrem nun ersten Antritt erhebliche Stimmenanteile auf sich verbuchen. Mit ihrem Programm „Mehr Mitbestimmung der Friesen in den Parlamenten", traf sie wohl einen Nerv der friesischen Bevölkerung. Leider aber 0,2 Prozent zu wenig um in den Landtag einzuziehen.

Die Spitzenkandidatin der Partei, Hilli Straaten, war dennoch sehr stolz auf dieses tolle Ergebnis und sprach gerade in der Nordseehalle in Emden zu ihrer Partei:

„Meine lieben Freunde!

Wir haben bei dieser Wahl gezeigt, dass mit uns zu rechnen ist, wir sind mit 4,8 Prozent dieses Mal noch an der 5 Prozenthürde gescheitert. Aber ich verspreche euch, bei der nächsten Wahl werden wir in den Landtag einziehen, wir werden uns einmischen, wir werden Einfluss nehmen und wir werden auf unser gemeinsames Ziel hinarbeiten.

Das Land der Friesen wird wieder ein Land werden, ein Land mit Friesen von West, Ost und Nord. Zunächst werden wir für eine neue Bezirksregierung Ostfriesland mit Sitz in Aurich kämpfen und uns dann mit anderen friesischen Bezirken und Gebieten vereinen. Auch dort haben Friesen zeitgleich Parteien mit gleichen Zielen gegründet. Am Ende eines langen Prozesses wird es dann wieder ein vereinigtes Friesland geben, über die deutschen Grenzen hinweg, mit mehr Freiheiten, wirtschaftlichem Erfolg und einer klaren Unabhängigkeit. Ihr alle habt mich unterstützt, ihr alle habt für mich gekämpft, ihr alle seid an meiner Seite. Eala Frya Fresena! Ich danke euch von ganzem Herzen!"

Hilli Straaten verneigte sich vor fast 750 Anhängern in der Nordseehalle. Ein tosender Applaus mit stehenden Ovationen und „Eala Frya Fresena!" - Rufen ertönte durch die Halle. Schwarz-rot-blaue Banner rollten an allen vier Wänden von der Decke und über Lautsprecher wurde die friesische Nationalhymne der niederländischen Provinz Friesland gespielt: „De älden Friezen". Augenblicklich sang ein

Großteil der angereisten Friesen aus den Niederlanden die Hymne mit, aber auch ein großer Teil der heimischen Ostfriesen stimmte mit ein. Hilli Straaten verließ das Podest und wurde laut klatschend zum Ausgang hofiert. Draußen stiegen schwarz-rot-blaue Ballons in den Himmel und zeichneten mit der untergehenden Sonne ein buntes, einmaliges Bild in den Emder Himmel. Straaten stieg in einen VW Passat ein und winkte der mittlerweile draußen stehenden Menge noch mal zu. Sie strahlte über das ganze Gesicht und ließ sich einfach feiern. „Telefon, Hilli, Torre ist dran", der Fahrer stellte auf laut. „He Hilli, wie war Deine Veranstaltung?", erkundigte sich Breedenbeek. „Klasse Torre, einfach nur klasse, die waren alle mega begeistert. Aber sag mal, wann geht es denn nun los?" Hilli wirkte ungeduldig. „Gedulde Dich, Hilli, gedulde Dich, es läuft alles nach Plan. Morgen abend schlagen wir zu und dann werden wir sehen, wie Hannover reagiert", Torre wirkte souverän in seiner Antwort. „Okay, Torre, ich verlass mich auf Dich. Ich hoffe, ihr habt alles im Griff. Ich will nach Hannover, das weißt Du, und das so schnell wie möglich, wir müssen diesen Hype nutzen", Hilli drückte heftig mit ihren Worten. „Mach Dir keinen Kopf, Hilli, dat löppt, seggt de Oostfrees", lachte Breedenbeek ins Mikro.

Ein Tag vorher

Der Emstunnel bei Leer ist ein sehr bekanntes Bauwerk. Er verläuft unter der Ems von Leer ins Rheiderland. Die Jann-Berghaus-Brücke, ehemals die wichtigste Verbindung und Überquerung der Ems zwischen den beiden Gebieten, wird aber auch sehr häufig genutzt. Die Masse des Fernverkehrs, Transport-, Urlaubs- und Privatverkehr, führt aber über die Autobahn A31 und somit durch den Emstunnel. Dieser ist 945 Meter lang und besteht aus zwei Röhren mit jeweils zwei Fahrspuren in jeder Richtung. Von 1984 bis 1989 wurde er mit dem Ziel der Verbesserung der Infrastruktur in Ostfriesland gebaut. Nicht zuletzt aber auch, weil zusätzliche Brücken den Schiffsverkehr auf der Ems wegen der zunehmenden Höhe der Schiffsaufbauten, eingeschränkt hätten. Außerdem muss eine angrenzende Werft ihre riesigen Kreuzfahrtschiffe, meist einmal im Jahr, durch die Ems manövrieren.

An diesem Abend war es sehr früh dunkel. Nässe und Wind setzten einer kleinen Gruppe von düsteren Gestalten zu, die sich von der Seite des Rheiderlandes dem Emstunnel näherten. Es war ungefähr 23:50 Uhr als die Gruppe sich unentdeckt seitlich des Tunnels durch die Notausgänge Zugang zum Emstunnel verschaffte. „Leise Mann, seid leise", Keno Backer redete auf seine Männer ein. „Wir müssen den Sprengstoff auf beiden Seiten des Tunnels in den Notausgängen positionieren", hielt Keno noch mal fest. „Passt auf, dass ihr die Kameras umgeht und dass euch niemand vom Wartungspersonal entdeckt", Keno redete noch mal Klartext. Alle nickten und trennten sich nach Plan in beide Richtungen. Sowohl von der Leeraner Seite, als auch von der Bingumer Seite aus dem Rheiderland, sollten die Sprengsätze genau positioniert werden. Bei dieser Sprengung würden die dicken Mauern des Tunnels bersten und auf beiden Seiten ein Riesenleck in den Tunnel reißen. Alle Fahrzeuge, die sich dann innerhalb des Tunnels befinden würden, wären mitsamt Insassen verloren. Die Notausgänge wären zerstört und die Ems würde mit ihren gewaltigen Fluten große Schäden im gesamten Gebiet anrichten. Durch die ständigen Tiefbaggerarbeiten in der Ems, die die Fahrrinne für die Schiffe der angrenzenden Werft aus dem Emsland aufbereiteten, war die Flussgeschwindigkeit in den vergangenen Jahren sehr stark gestiegen. Keno und seine Männer brachten die

Sprengsätze an den vorher genau kalkulierten Örtlichkeiten an. Dabei gingen sie mit äußerster Vorsicht vor. Die Menge des gesetzten Sprengstoffs war immens, und der Einbruch in das Marinedepot Weener war somit ein voller Erfolg gewesen. Es war halt gut überall Informanten zu haben und viele kleine Heinzelmännchen, die dabei unterstützen. Die Gruppe war nach cirka einer Stunde mit allem durch, die Empfänger der Sprengsätze waren scharf, und Keno hatte noch mal alles überprüft. Als die Gruppe wieder auf der Bingumer Seite am Deich angekommen war, setzten sich alle an die Ems und schauten auf das Wasser. In diesem Moment passierte gerade ein Roll on Roll of Container Pott die Ems. Er war gerade durch die geliftete Jann-Berghaus-Brücke gefahren, und Keno schaute auf die sich nun wieder senkende Brücke.

„Wir haben es geschafft, Torre wird stolz auf uns sein", Keno prostete mit einem gemeinsamen Bier in die Gruppe und die anderen nickten zufrieden. „Ich ruf ihn nun gleich an und bestätige die Ausführung des Auftrags, Leute ihr wart klasse. Bedenkt bitte von nun an, keine Treffen, keine Telefonate untereinander und keinen Kontakt mit jemandem aus unserer Streitmacht. Eala Frya Fresena", raunte Keno und alle anderen erwiderten: „Lever dood as Slaav!" Die

Gruppe trennte sich und Keno kontrollierte noch einmal über den Laptop alle Sprengsätze und deren Status. Alles passte. Das Feuerwerk konnte beginnen. Auf dem Rückweg nach Hause dachte Keno noch einmal über die ganze Aktion nach. Wollte er wirklich Menschenleben gefährden, für eine Idee, die erst mal hanebüchen klang, für eine Idee, die zu neunzig Prozent zum Scheitern verurteilt war, für eine Idee, die auch sein eigenes Leben gefährden könnte? Er verdrängte die Gedanken sofort wieder. Torre hatte ihm Macht versprochen, Macht und viel Geld, wenn die Aktion erfolgreich verlaufen würde. Außerdem befand er die wirtschaftliche und aktuell bedeutungslose Lage Ostfrieslands genauso beschissen wie Torre. Also nicht mehr drüber nachdenken. Mutiges Handeln war nun gefordert.

Besuch aus Hannover

„Lana, wo bleibt mein Tee?", Okko Bruns ballerte schon wieder im Büro. Sein Morgentee stand nicht auf seinem Platz. „Ich komm ja schon Okko. Wieso machst Du Dir den denn nicht selber. Tee machen ist doch mega einfach, oder?" Lana schnippte Okko mit dem Finger zu und grinste. „Ich bin es gewohnt morgens von Dir Tee zu bekommen, die Zeit ohne Dich hier war lang genug, die Plörre von Lennert kann man ja nicht trinken", grunzte Okko in seinen Zickenbart. „Das habe ich gehört!", rief Lennert aus der Küche und lachte laut auf. Er nahm das als Scherz und konnte gut damit umgehen. Er kannte den alten Grummelpott ja nur zu genau. Außerdem war er genauso froh, Lana wieder im Team zu haben. „Okko, da steht ein Herr Dr. Manninga im Flur, er möchte Dich sprechen, unter vier Augen", rief Lana Okko zu. „Wat will de denn hier, de kenn ik nich", grunzte Okko zurück. In diesem Moment hatte sich Manninga schon an Lana vorbeigeschoben und stand nun vor Okko. „Dr. Keno Manninga mein Name, ich bin vom Landeskriminalamt Hannover, wir müssen reden, Herr Bruns", schnippte er Okko Bruns an. „Worum geht es Herr Dr. Manninga, was ist so wichtig, dass man uns das Landeskriminalamt nach Aurich schickt? Moin erst mal, ich bin Okko Bruns, ohne Doktor und leite die Dienststelle hier in Aurich, also wat gibt es?", schnippte Okko zurück. "Herr Bruns, uns ist zu Ohren gekommen, dass sich hier eine Gefahrensituation entwickeln könnte, die über Ihre Kompetenzen hinausgeht. Es wurden in einem kleinen Depot diverse Waffen und Mengen Sprengstoff gestohlen. Es gibt gedachte, tendenzielle Verbindungslinien zu den

Morden im letzten Jahr und dem Mord von gestern, zu dem Diebstahl in Weener. Ich denke, das Ganze wird eine Nummer zu groß für Sie alleine. Meine Aufgabe ist es, Ihr Team zu unterstützen, Land und Bund bei Bedarf einzubeziehen und die nötigen Vorbereitungen bei Verdacht eines terroristischen Anschlags in Ostfriesland zu treffen". Okko Bruns saß mit großen Augen vor ihm und bekam den Mund nicht wieder zu. „Herr Dr. Manninga, noch ist es aus unserer Sicht zu früh, genaue Schlüsse zu ziehen, wir gehen sehr behutsam vor. Aktuell geht es erst mal um einen Mord, bei dem der Täter so gut wie bekannt ist und um einen Diebstahl in einem Marinedepot, bei dem es zum jetzigen Zeitpunkt lediglich Verdachtsmomente zum Mörder vom Upstalsboom gibt. Wenn Sie Tee möchten, selber einschenken, Tasse steht da", murrte Bruns den Doktor an. „Herr Bruns, sehen Sie meine Anwesenheit als reine Unterstützung, integrieren Sie mich bitte in Ihr Team und wir wachsen zusammen und klären, was sich da auch immer zusammenbraut. Sobald ich sehe, dass meine Anwesenheit nicht mehr nötig ist, bin ich weg, versprochen", beruhigte Dr. Manninga Bruns. „Okay, Lana bringt Sie auf den aktuellen Stand der Ermittlungen und ich brauche nun erst mal

Tee, viel Tee, wir reden heute Mittag weiter."
Bruns beruhigte sich langsam wieder. Nachdem
Lana Dr. Manninga ausführlich informiert und
ihm die Leeraner Kollegen ebenfalls vorgestellt
hatte, vermochte er eine doch gut organisierte
Mannschaft zu erkennen. Das beruhigte ihn
sichtlich, wenngleich er nach dem Gespräch mit
Lana zwei verpasste Anrufe auf dem Handy
hatte, deren Nummern er dem BKA und dem
BND zuordnete. Ein Rückruf war nun wohl das
Mindeste. Er begab sich auf den Innenhof um
ungestört zu telefonieren.
„So, nun sind wir erst mal unter uns, der Doc hat
genug mit sich selbst zu tun", Okko lächelte
leicht. „Lana, schreib die bis dato ermittelten
Fakten mal an die Tafel", Okko zeigte auf den
Flipchart. „Okay, DNA von Breedenbeek wurden
sowohl beim Mord an Nordes als auch im
Marinedepot Weener gefunden, das heißt,
Breedenbeek ist an beiden Taten beteiligt. Jan
Nordes hatte sich in den letzten Monaten sehr
dünn gemacht, er hatte laut Zeugen Angst und
es wurde auch immer mal wieder ein Fahrzeug
in der Nähe seines Hauses gesehen. Die
Zeugen berichten fast einstimmig von einem
dunklen SUV mit Leeraner Kennzeichen.
Gemerkt hat sich das aber keiner, im Landkreis
Leer ist es ja auch nicht außergewöhnlich mit

einem Leeraner Kennzeichen zu fahren", lächelte Lana den anderen zu. „Der Diebstahl in Weener liegt nun zum Teil schon bei den Bundesbehörden und dem Militär, wir werden aber noch immer informiert", ergänzte Pommer die Ergebnisse. „Der gestohlene Sprengstoff reicht aus, um irgendwo ein Loch so groß wie ein Fußballstadion zu reißen. Die gestohlenen Waffen reichen für die Zugstärke einer ganzen Bundeswehreinheit aus. Die Abzeichen auf den Uniformen der Einbrecher wurden noch nicht identifiziert. Es gibt eine Zeichnung, aber sie ist ungenau und hat auch eher einen friedlichen Charakter", fügte Jensen hinzu. "Was heißt friedlicher Charakter, was ist daran friedlich?" Bruns polterte schon wieder los. „Na, sie sollen Hände zeigen, die sich verschränken, oder so ähnlich", schob Jensen nach. „Ich will diese Zeichen und zwar genau und deutlich hier auf den Tisch, Jensen, Pommer, los geht's, ich will Ergebnisse", Bruns zeigte mit dem Finger auf die beiden Leeraner Kollegen. „Okay, wir befragen die Zeugen noch mal und versuchen ein deutlicheres Bild zu zeichnen", Ilka Pommer stand auf und nahm ihre Jacke. „Komm Peter, ab geht's!" Sie schaute noch mal zu Lennert und verließ mit Jensen den Raum.

Burg Stickhausen

Torre Breedenbeek saß in seinem verlassenen Versteck, einem alten Nebengebäude des Burgturms in Stickhausen. Die Burganlage steht im Zentrum des Dorfes, das zur Gemeinde Jümme gehört. Sie besteht noch heute aus dem Wehrturm und ist mit einem neuen Anbau mit dem alten Teil der ehemaligen Festungsanlage verbunden. Die Burg war Jahrhunderte eine Grenzanlage der Grafschaft Ostfriesland, wurde dann aber an Privat verkauft. Die Erbengemein-schaft der letzten Besitzerin hatte nach ihrem Tod die komplette Anlage an die Gemeinde verkauft. Der neu gegründete Burgverein war aktuell mit der Renovierung des Wehrturms befasst. Das alte Nebengebäude, mit seinem alten Grafschaftswappen an der Vorderseite, war unbewohnt und nahezu genau so, wie es die letzte Besitzerin verlassen hatte. Torre hatte sich hier eingerichtet, es war einfach gewesen, auch wenn nebenan der Burgverein tätig war. Tagsüber war Torre meist unterwegs, nachts war kein Burgverein vor Ort. Torre hatte hier sogar Highspeed Internet, das Gebäude war kurz vor dem Verlassen mit Glasfaser aus-

gerüstet worden. Die Leitung war noch immer intakt, warum auch immer das so war. Im Wohn-zimmer hingen noch die alten Gardinen, und die

Schränke standen wie bewohnt dort. Überhaupt musste das hier mal sehr gemütlich gewesen sein.

Torre machte sich Ravioli in der Dose warm. Sein Prepaid Handy klingelte. „Ja, was ist", Torre wirkte verärgert. „Ach so, Hilli, Du bist es, Mann, ich hab doch gesagt, mich soll hier niemand anrufen, was soll denn das. Haltet doch mal Funkstille ein." Hilli ließ wohl nicht nach. Torre hörte ihr mit einem verzogenen Gesicht zu. „Ja Mann, ich weiß, dass Du in den Landtag willst, ich mach das schon. Wir müssen all die Menschen in Ostfriesland erst mal abholen, sie begeistern und erst dann kannst Du als Vermittlerin in Erscheinung treten. Dann kannst Du Ostfriesland retten. Und vergesse nicht, dass ich dann eine Rolle spiele, die ganz nahe an der Macht sein wird", Torre beschwor Hilli Straaten nahezu. „Heute abend geht das los Hilli, mach Dir keinen Kopf, Du kommst früh genug ins Rennen, ohne verbrannt zu werden." Torre legte nun einfach auf. Er dachte nach. Was wollte die olle Schrappnulle bloß von ihm. Es war alles besprochen. Sobald die Landesregierung bereit war über die Forderungen zu verhandeln, käme Hilli als Vermitterin ins Spiel. Sie könnte sich dann als große Siegerin und Retterin Ostfrieslands feiern und er könnte sich mit seiner Truppe zurückziehen und unter neuer Identität mitwirken. Es war alles bis ins Kleinste geplant und vorbereitet. Dass die olle Puns auch immer so ungeduldig sein musste. Sie war halt machtgierig, kalt und mega nervig. Torre schlang seine Ravioli runter und starrte auf die alten Bilder im Wohnzimmer. Was hatten die früher auch mystische Bilder an den Wänden. An der breiten Wand zur Straße hing ein Gemälde mit zwei Engeln. Sie schauten zu einem Stern am Himmel, der Stern stand vor dem Tor eines Hauses. Der ganze Himmel war rötlich. Die Engel schwebten dem Stern entgegen und hielten sich fest. Es war, als ob sie dort wohnen würden. Torre war fasziniert von dieser Art Gemälde, und hier hingen eine Menge davon. Er setzte sich an den Stubentisch und öffnete einen großen Reiserucksack. Er holte einen Laptop und eine Art Verteilung mit einem Sender aus dem Rucksack. Die Verdrahtung der beiden Komponenten war innerhalb von zehn Minuten fertig, und er begann den Laptop hochzufahren. Es öffnete sich ein Bildschirm mit dem Umriss des Emstunnels und mit verschiedenen blinkenden Punkten entlang des Tunnels. Torre klickte jeden einzelnen Punkt mit der Maus an. Er bekam in einem Fenster die Information „ready vor action". Die Informationen verschwanden wieder, und Torre lehnte sich zufrieden zurück. Er schaute auf die Uhr und schloss den Laptop wieder. Heute, ja heute sollte es geschehen. Heute sollte jeder in Ostfriesland aufhorchen, jeder. Ostfriesland würde ab heute Abend in aller Munde sein. In der Presse, in den Regierungsebenen, bei den Bullen. Er, Torre Breedenbeek, würde nun seine Ankündigung wahrmachen.

RUFT NICHT NACH MIR, ICH KOMME ZU EUCH, UND FRAGT NICHT NACH MIR, ICH FINDE EUCH!!!!

On Air

Ausnahmezustand, das Wetter in Leer war mal wieder beschissen. Regen und Wind. Wie so oft war die Altstadt bei diesem Wetter nur spärlich besucht. Jonas Bloem stand bei Teelke, der Statue gegenüber des Teehauses von Bünting Tee. Teelke ist so etwas wie eine Botschafterin für den Ostfriesentee. Nur eben, dass sie eine Bronzestatue ist. Viele lassen sich mit ihr foto-grafieren. Sie ist eine Berühmtheit in Leer. Jonas schaute zum Sendestudio von Radio Ostfries-land. Das Büro war nicht besetzt. Jonas ging über die Straße. Er beobachtete beide Seiten der Straße und achtete auf Passanten. Es war keiner da. Er ging zur Eingangstür, stellte sich davor und öffnete die Tür mit einem Spezial-werkzeug. Innen angekommen, bereitete Jonas alles vor und fuhr die Anlage hoch. Zur Kontrolle schaute er immer wieder durch das Fenster, ob sich Passanten dem Haus nähern würden. Leider war der Sender von außen ein Stück einsehbar. Jonas überprüfte die Sendeanlage auf ihre Funktion und stellte auf „On Air". Er nahm einen Zettel aus seiner Jackentasche und begann zu lesen:

„Hallo und Moin Ostfriesland!
Hier spricht die ostfriesische Streitmacht. Unser Ostfriesland wurde nun über viele Jahrzehnte vernachlässigt, um genau zu sagen, ignoriert. Viele tausend Arbeitsplätze gingen verloren und sowohl die Bundes-, als auch die Landes-regierung, haben diesen schönen Fleck mit seiner urhistorischen Grunddemokratie einfach missachtet. Darum wird es Zeit zu handeln. Wir, die neu gegründete Streitmacht Ostfrieslands, werden deshalb ein Exempel statuieren. Am Emstunnel in Leer wurden gestern mehrere Sprengsätze von uns positioniert. Jede einzelne Sprengladung kann große Wassermassen der Ems freisetzen und im Tunnel und außerhalb ein vollkommenes Chaos entfachen. Jeder Versuch, sich den Sprengladungen wie auch immer nur zu nähern, aktiviert die Infrarot-

zünder. Wir warten nicht bis der Emstunnel ‚Autofrei' ist. Die Reaktion erfolgt sofort. Um das Ganze zu vermeiden gehen folgende Forderungen an Landes- und Bundesregierung:

1) Wir fordern die sofortige Abschaffung der 5 Prozent Hürde für die Partei ‚Vereinigtes Friesland', die dann unverzüglich in den Landtag einzieht.

2) Keine Strafverfolgung und Strafvollzug für die ostfriesische Streitmacht, also eine Amnestie für uns alle.

3) Aufnahme der altfriesischen Sprache in den Unterricht ab dem zweiten Schuljahr.

4) Ein Gesetz zur Erweiterung der Industrialisierung Ostfrieslands mit einem zwei Jahresplan für 200.000 neue Arbeitsplätze.

5) Ein eigenständiges Ostfriesland mit Regierungsbezirk und Sitz der Regierung in Aurich.

6) Aufwertung des Upstalsboom in Aurich Rahe mit einem Volumen von 300.000,-- Euro.

Sollten unsere Forderungen nicht binnen 48 Std. also bis Übermorgen, Donnerstag 18:00 Uhr schriftlich manifestiert und der Bevölkerung Ostfrieslands als politisches Versprechen *offiziell mitgeteilt werden, setzen wir die Sprengungen nacheinander frei. Sollte sich Polizei oder Sonderkommandos auch nur in die Nähe der Sender bewegen, werden wir die Sprengsätze ebenfalls freisetzen. Und denkt nicht darüber nach, dass wir bluffen. Ihr werdet es sehen und spüren. Eala Frya Fresena! Ostfriesische Streitmacht!"*

Ausnahmezustand im Friesischen Rundfunk dem FRF

Heinrich Tammenburg pfiff durch das Studio. Sein Beitrag über das neue Wikingerrestaurant in Großefehn war nun kurz vor Sendebeginn. Er war überhaupt ein sehr positiv eingestellter Mensch. Schon bei Gründung des Senders war er voller Optimismus bezüglich des neuen friesischen Senders gewesen. Sicher, es hatte am Anfang einige Probleme gegeben, nicht alles läuft gleich rund, er aber war jederzeit vom Erfolg überzeugt. So hatte er den Sender etabliert und mittlerweile zu einem festen Bestandteil der friesischen Medien ausgebaut. Heute war es nun nasskalt draußen, Tammenburg hatte sich warm angezogen und die Jacke im Eingangsbereich an die Garderobe gehängt. Als er nun die Sendeanlage hoch-fahren wollte und das Schild „On Air" schon leuchtete, hörte er Geräusche an der Hintertür neben der Garderobe. „Gerd, bist Du das, ich übernehme doch die Sendung heute", Tammenburg schaute in Richtung Eingang. Nichts zu sehen. „Vielleicht ist ja die Jacke runtergefallen, ich häng die mal eben wieder auf", dachte er. In diesem Moment wurde er von beiden Seiten gepackt und auf den Boden gedrückt. Kräftige muskulöse Arme hielten ihn in einer Zwangslage auf dem kalten Fliesenboden. „Halt die Fresse und mach was wir sagen, Du Witzknochen", einer der maskierten Männer schrie ihn an. „Ja, ist ja gut! Was wollt ihr? Ich habe kein Geld hier und auch keine Wertsachen, dies ist eine Sendestation, hier ist doch nichts von Wert", Tammenburg versuchte sich zusammenzureißen. Leider gelang ihm das nicht wirklich. „Fresse, hab ich gesagt, wir reden, Du machst", erwiderte der gleiche Maskierte. „Okay, okay, ist ja gut, was soll ich tun?", fragte Tammenburg ängstlich. „Du setzt Dich nun an Deinen Sender, machst eine Liveschaltung und lässt mich reden, kannst Du das und zwar Punkt 18:00 Uhr?", fragte das Muskelpaket. „Ja klar, ihr müsst mich aber loslassen, dann kann ich das machen, klar, ja natürlich", erwiderte Tammenburg den beiden Maskierten. Sie setzen ihn auf den Drehstuhl am Pult und er schaltete mit zitternden Händen auf Sendung. Die „On Air" - Lampe schaltete auf Grün und einer der Maskierten schubste ihn zur Seite und setzte sich an das Pult vor die Kamera:

„Hallo und Moin Ostfriesland!
Hier sehen Sie einen Vertreter der ostfriesischen Streitmacht. Nennen Sie mich Torre. Unser Ost-friesland wurde nun über viele Jahrzehnte vernachlässigt, um genau zu sagen, ignoriert. Viele tausend Arbeitsplätze gingen verloren und sowohl die Bundes-, als auch die Landes-regierung haben diesen schönen Fleck mit seiner urhistorischen Grunddemokratie einfach missachtet. Darum wird es Zeit zu handeln.
Wir, die neu gegründete Streitmacht Ostfries-lands, möchten keiner Menschenseele etwas zuleide tun, leider geht in dieser Republik aber wohl nichts ohne eine gewisse mediale - und öffentliche Aufmerksamkeit. Darum muss die ostfriesiche Streitmacht nun wohl ein Exempel statuieren. Am Emstunnel in Leer wurden gestern mehrere Sprengsätze von uns posi-tioniert. Jeder Versuch, sie zu entschärfen, wird mit Sanktionen bestraft. Sobald wir auch nur den Anschein einer falschen Reaktion bemerken, wird die erste der Sprengungen vollzogen. Diese reichen jeweils einzeln aus, um große Wasser-massen der Ems freizusetzen und ein voll-

kommenes Chaos im Emstunnel zu entfachen. Wir warten nicht bis der Emstunnel ‚Autofrei‘ ist. Die Reaktion erfolgt sofort. Um das Ganze zu vermeiden gehen folgende Forderungen an die Landes- und Bundesregierung:

1) Wir fordern die sofortige Abschaffung der 5 Prozent Hürde für die Partei ‚Vereinigtes Friesland‘, die dann unverzüglich in den Landtag einzieht.

2) Keine Strafverfolgung und Strafvollzug für die ostfriesische Streitmacht, also eine Amnestie für uns alle.

3) Aufnahme der altfriesischen Sprache in den Unterricht ab dem zweiten Schuljahr.

4) Ein Gesetz zur Erweiterung der Industrie-alisierung Ostfrieslands mit einem zwei Jahresplan für 200.000 neue Arbeitsplätze.

5) Ein eigenständiges Ostfriesland mit Regierungsbezirk und Sitz der Regierung in Aurich.

6) Aufwertung des Upstalsboom in Aurich Rahe mit einem Volumen von 300.000,-- Euro.

Sollten unsere Forderungen nicht binnen 48 Std. also bis Übermorgen, Donnerstag 18:00 Uhr, schriftlich manifestiert und der Bevölkerung

Ostfrieslands als politisches Versprechen offiziell mitgeteilt werden, werden wir die Sprengungen nacheinander auslösen.
Dieser Sender bleibt bis zur Erfüllung der Forderungen von der ostfriesischen Streitmacht besetzt. Liebe Landes- und Bundespolizei, wenn ihr nicht wollt, dass Ostfriesland absäuft und viele Menschenleben in Gefahr sind, dann haltet euch zurück! Vom dann zerstörten Emstunnel ganz zu schweigen", der Maskierte lächelte freundlich und lässig in die Kamera. Sein Mund und messerscharfe Augen verrieten einen knallharten Charakter. Er funkelte nahezu in die Kamera.

„Eala Frya Fresena!"

Tammenburg saß in der Ecke und zitterte immer noch vor Angst. Aber er dachte auch nach. Was wollten diese Wahnsinnigen mit ihren bekloppten Forderungen nun eigentlich erreichen? Glaubten sie allen Ernstes auch nur eine der Forderungen erfüllt zu bekommen? Oh Mann, in was war er da nur reingeraten. Insgeheim verfluchte er sich selbst, den Dienst von seinem Kollegen Gerd übernommen zu haben.

Burg Stickhausen

Torre Breedenbeek lag mit ausgestreckten Beinen auf dem alten Sofa der ehemaligen Besitzerin der Burganlage Stickhausen. Er lachte laut auf, als er den maskierten Jörg Straaten in der Flimmerkiste sah. Hatte sich der alte Fuchs doch tatsächlich mit seinem Vornamen vorgestellt. Hauptkommissar Bruns würde nun meinen, er, Torre selbst, sitze beim FRF und warte dort auf das, was da kommt. Weit gefehlt. Na ja, für einen Zugriff auf den Sender war Torres Streitmacht eh gut gerüstet. Zehn Mann hatte er beim Friesischen Rundfunk postiert, schwer bewaffnet und zu allem bereit. „Die sollten ruhig kommen!", lachte Torre innerlich. Es war nun Zeit für den dritten Schlag, um den Forderungen genügend Bedeutung zu geben. Schluss mit der Laberei über die Sender. Schluss mit leeren Versprechungen. Er griff zum Funkgerät und betätigte den Sendeknopf. „Arnold, bitte kommen", Torre wirkte nun ein bissel ungeduldig. „Arnold hört", erklang es aus dem Lautsprecher. „Aktion", erwiderte Torre und legte das Funkgerät beiseite. Auf dem Tisch lag ein altes Nokia Handy. Torre erschrak für einen Moment, als es laut aufklingelte. Ihm war klar, wer das war.

„Ja, ich bin dran", Torre hörte zu. „Ja, klar, es läuft alles nach Plan, was meinen Sie denn?" Torre wurde energisch. Der Teilnehmer auf der anderen Seite hakte ständig nach. Torre antwortete nur mit „ja" oder „nein". Dann legte er auf, griff zum Laptop und öffnete eine Seite. Er checkte noch mal seine Zeitschiene und schloss den Laptop wieder. Torre ärgerte sich über den Anrufer auf der anderen Seite und schüttelte innerlich mit dem Kopf. „Eingebildet", dachte er bei sich. Und überhaupt. Warum hatte er sich überhaupt einlullen lassen. Am Anfang war er es, der alles geplant und Ostfriesland wieder zu dem machen wollte, was es einmal war. Dann hatte sich dieser komische Typ bei ihm gemeldet, ihm Unterstützung bei seinem Vorhaben zugesagt, Türen geöffnet und ihm irgendwann gedroht. Leider war Torre da nicht mehr in der Position seine Unterstützung abzulehnen. Er war auf ihn reingefallen, er, Torre Breedenbeek. Und am Ende war er nun nicht mehr Chef des Ganzen. Er, Torre Breedenbeek, musste nun ausführen. Dafür bekam er Schutz und Hilfe auf allen Ebenen und das Versprechen auf einen gut bezahlten Posten nach erfolgreicher Mission. Genau wie die olle Hilli Straaten mit ihrer komischen Partei.

Stopp im Emstunnel

Die erste Reaktion nach Bekanntgabe der möglichen Sprengsätze am Emstunnel, wurde von der alten-neuen Soko Leer sofort ausgeführt. Der Tunnel wurde zehn Minuten nach Informationseingang gesperrt. Verdeckt wurde seitens eines Sonderkommandos aus Bremen am Tunnel ermittelt. Die Befürchtungen bewahr-heiteten sich. Auf beiden Seiten entdeckten Sprengstoffspürhunde diverse hochkomplizierte Sprengsätze. Die Anordnung war wohl bewusst nach Zerstörungstaktik gewählt worden. Experten rechneten innerhalb von zwei Stunden die Gefahrenlage aus. Bei Detonation aller Sprengsätze würde der Tunnel einbrechen, die Wassermassen der Ems den Tunnel überfluten und Schäden in unermesslicher Höhe anrichten. Eine Überflutung weiterer Gebiete auf beiden Seiten der Ems wäre eine weitere katastrophale Folge. Okko Bruns hatte sein Sprengstoff-kommando unbemerkt in die Nähe des Tunnels bringen können. Weder Breedenbeek noch seine Schergen hatten etwas mitbekommen. Dr. Keno Manninga hatte, laut seiner Aussage Bruns gegenüber, die Situation mit Hannover vorerst geklärt und weitere Unterstützung in Aussicht gestellt. An alle Medien wurde eine

Pressemitteilung herausgegeben, dass es sich bei der ganzen Aktion um eine Katastrophenschutzübung handele. Die Idee dazu kam natürlich von Dr. Keno Manninga. „Wer auch sonst konnte ihm das Wasser reichen", dachte Bruns so bei sich. Der eingebildetete Fatske würde irgendwann auch auf seinen Meister treffen, da war sich Bruns sicher.

Ostfriesland bebt

Bruns dreht durch

Okko Bruns saß wieder mal vor seinem geliebten Ostfriesentee. Er schlürfte hastig an der sechsten Tasse in der letzten Viertelstunde. Die gesamte Abteilung war seit wenigen Minuten wie ein Ameisenhaufen unter Feuergefecht. Seit die Meldungen vom FRF und Radio Ostfriesland durchgedrungen waren, stand das Revier Kopf. Dr. Manninga war soeben eingetroffen und forderte einen Krisenstab über Ostfrieslands Grenzen hinweg, mit ihm als Koordinator und Chef des Ganzen. „Wir müssen sofort handeln, sofort, das ist ein Terroranschlag, da will jemand Ostfriesland in Brand jagen. Was bilden diese hirnverbrannten Spaken sich überhaupt ein", Bruns schlug mehrmals mit der Faust auf den Tisch und er spütterte seinen Kandis der letzten

Tasse Tee auf den Tisch. „Scheiße Mann, Scheiße, was ist hier eigentlich los, sind denn alle wahnsinnig geworden?" Bruns schlug wieder auf den Tisch. „Herr Bruns, bitte beruhigen Sie sich, alles nur erst mal 'ne Drohung und ein böses Spiel, ich kenne solche Situationen seit Jahren", Dr. Manninga klopfte Bruns auf die Schulter und setzte sich neben ihn. „Wir berufen einen sofortigen Krisenstab ein, Ihre Kollegen aus Leer und Aurich werden auf die beiden Sender aufgeteilt, ich werde das SEK, BKA und den BND informieren. Wir sollten vorerst ruhig handeln und einen Vermittler einschalten, wer könnte das machen? Sie kennen sich hier am besten aus, Herr Bruns." „Ich muss nachdenken, ich muss überlegen und Tee trinken... Laaaana ich brauche Tee, jetzt und möglichst viel!" Bruns schrie in den Raum.

Dr. Manninga zog sich in einen Nebenraum zurück. Er baute vier PC Plätze auf, füllte die Wände mit Bildern und Dokumenten und telefonierte ständig mit irgendwelchen Leuten. Als Lana den Tee bringen wollte, öffnete sie die Tür und sah in den Raum hinein. Dr. Manninga schoss auf sie zu und knallte die Tür mit scharfem Blick vor ihrer Nase zu. „Ist ja gut, ist ja gut", murmelte Lana leise vor sich hin. „So fang man an, schön alles verheimlichen, schön alles alleine regeln. Da wirst Du bestimmt ein guter Freund von Okko." Bruns saß auf seinem Stuhl, puterrotes Gesicht. "Wo ist der olle Lackaffe von Doktor?", fragte er Lana. „Der hat mir gerade die Tür vor der Nase zugeschlagen und mich wie einen Verbrecher angeschaut", erwiderte Lana ihrem Chef. „Der kommt mir irgendwie komisch vor, merkwürdiger Mensch, dieser Manninga", Okko dachte nach.

Opfer
Rikus Tecken stand am Ausgang der ostfriesischen Landschaft in Aurich. Die ostfriesische Landschaft umfasst die drei Landkreise Leer, Aurich und Wittmund sowie die kreisfreie Stadt Emden. Sie ist eine Körperschaft des öffentlichen Rechts und hat ihren Sitz in Aurich im Landschaftshaus. Ihren Ursprung hat sie in den Landesständen Ostfrieslands, also der ostfriesischen Ritterschaft, den Bauern und den Städtevertretern. Heute kümmert sie sich, ganz grob umrissen, um Archäologie, Historie und plattdeutsche Sprache in Ostfriesland. Sie wirkt aber auch auf vielen anderen regionalen Ebenen mit. Rikus Tecken wurde 2019 zum zweiten Mal als Landschaftspräsident gewählt. Somit war er der höchste „Häuptling" der Ostfriesen, wie ihn viele liebevoll nannten. Tecken war

sehr engagiert und in ganz Ostfriesland berühmt und beliebt. Jeder, der mit der Geschichte, mit Aktuellem oder einfach mit Kulturellem beschäftigt war, kannte Tecken. Tecken besuchte die Museen in Ostfriesland, präsentierte und unterstützte diverse regionale Projekte und war überhaupt ein echter Berufsostfriese. Solche Leute braucht eine Region und sie sind meistens sehr selten. Tecken hatte heute noch einen wichtigen Termin mit Hilli Straaten, der Landtagskandidatin der neuen friesischen Partei „Vereinigtes Friesland". Er wollte sie heute davon überzeugen, ihr Vorhaben, die fünf Prozent Hürde im Landtag anzufechten, wieder fallenzulassen. Tecken fand diese Forderung absolut irreal und das Parteibuch der Vereinigten Friesen im Ganzen als viel zu radikal aufgestellt. Rikus Tecken war selbst in einer großen Volkspartei und stand sich gut mit der Landesregierung. Viele seiner Freunde waren politisch engagiert und einige eben auch im aktuellen Landtag. Eine Abschaffung der fünf Prozent Hürde zum Einzug in den Landtag, hielt er für absolut falsch, zumal dadurch viele kleine Splitterparteien einen Landtag handlungsunfähig machen könnten. „Absolut absurde Vorstellung", dachte er immer.

Rikus bewegte sich zum Wagen und schaute sich dabei nicht um. Er sah nicht den blauen Caddy, der in einem Abstand von zehn Metern hinter seinem Wagen parkte. Er fuhr los, Richtung Aurich Rahe um dort durch Riepe nach Leer Loga zu fahren. Der blaue Caddy folgte ihm in einem sicheren Abstand. Nach dem Ortsschild „Aurich" überholte der blaue Caddy Rikus und bremste ihn kurz vor dem Wegweiser „Zum Upstalsboom" scharf aus. Rikus ging in die Eisen und sein Passat kam kurz hinter dem Caddy zum Stehen. Rikus riss die Tür auf und ging mit schnellen Schritten auf den Caddy zu. „Sag mal, was ist denn mit Dir los? Noch alle Strohballen im Gulf, oder was? Du hast se wohl nicht alle!" Rikus war außer sich. Im nächsten Moment schaute er in den Lauf einer Bundeswehrpistole. „Du hältst nun erst mal ganz schnell die Fresse, Du Backfisch", der maskierte Typ hinter dem Steuer stieg aus und hielt Tecken die Waffe an die Schläfe. „Rein da, und mach Dich schön dünn und leise, sonst gibt's guten ‚deutschen Stahl' in den Kopp", ergänzte der Maskierte mit forscher Stimme. Rikus traute sich nicht auch nur eine Silbe zu erwidern. Brav stieg er in den hinteren Bereich des Caddys ein. Der Maskierte schubste noch mal nach, und Rikus saß in der Ecke eines abgedunkelten Laderaums. „Wir machen eine kleine Reise, Häuptling Tecken, ist aber ein ‚one way Ticket'!", lachte der Maskierte laut auf. Er stieg wieder in den Wagen und bog rechts zum Upstalsboom ab. Es regnete wieder mal, und am Upstalsboom war zu dieser Zeit nur ein einziger Spaziergänger mit Hund. Der Maskierte wartete geduldig bis die Luft rein war. Er hatte einen Auftrag, einen schrecklichen Auftrag, einen blutigen Auftrag. Aber es gab kein Zurück, kein Erbarmen und kein Mitleid. Handeln war angesagt, handeln für ein vereinigtes Ostfriesland, für ein neues Ostfriesland. Und er, ja er konnte daran mitwirken.

Wo bleibt die Polizei?
Jonas hatte sich nach dem Aufruf über Radio Ostfriesland wieder dünn gemacht. Er war direkt nach dem Aufruf durch die Altstadt von Leer geflohen und saß nun bei „Schöne Aussichten" am Hafen. Genüsslich trank er seinen Whisky Cola und schaute auf's Wasser. Hier hatte man „Pool Position" auf den Hafen und jeder Blick war etwas Besonderes. Jonas saß oft hier, so fiel er nicht weiter auf und wurde freundlich bedient. Im Hintergrund hörte er zwar diverse Geräusche von Martinshörnern, aber das störte

ihn ja nun absolut nicht. Erst mal sollte es nun
wohl dauern, bis sich eine Streife oder ein SEK

in den Sender in der Altstadt hereintrauen
würde. Er hatte ja eindrucksvoll auf eine
Vergeltung hingewiesen, sollte sich jemand dem

Sender nähern. Jonas lachte still in sich hinein. Die ganze Geschichte in Leer sollte eben nur Beiwerk sein, damit die netten Herrn in Blau sich auch gut beschäftigt wussten. Was er zu diesem Zeitpunkt nicht wusste war, dass es sehr wohl Bewegungen im Gebäude des Senders in der Altstadt gab. Ein Team der Spurensicherung aus Emden war seit einer halben Stunde vor Ort.

Am Sender des Friesischen Rundfunks in Friedeburg hingegen herrschte Hochbetrieb. Im Abstand von circa fünfhundert Metern standen diverse Fahrzeuge der Polizei. Ein Ring, komplett um das Sendergebäude, aus Polizeiteams der Region, schirmten das Gelände hermetisch ab. Nicht ein Vertreter der Presse war vor Ort. Schaulustige, die gerade in der Nähe waren, wurden angewiesen, sich wieder nach Hause zu begeben. Die ganze Aktion wurde mit einer groß angelegten Übung begründet. Es gab diverse Anfragen der Presse an die Polizeipresseabteilungen in Leer, Aurich und Emden, jede wurde aber mit einer groß geplanten Übung beantwortet. Dr. Keno Manninga hatte hier wohl alle Fäden in der Hand, er war direkt nach Veröffentlichung der Drohungen bei beiden Sendern in die Offensive gegangen und hatte in einer offiziellen Pressemitteilung auf diese, so wie er sie nannte, „Bad Station Terror in Ostfriesland – Situation", als groß angelegte Katastrophenschutzübung hingewiesen und die Medien auf Abstand gehalten. „Wie viele sind am Sender, kann man das verifizieren?", fragte der Einsatzleiter einen Beobachtungsposten. „Nun ja, ich denke, wir haben zehn Mann gezählt, bis an die Zähne bewaffnet, so kommen wir da nicht ran", erwiderte der Beobachtungsposten. „Okay, Stellung halten und auf Anordnungen warten. Hier gibt es keine Alleingänge, sonst stehen wir bald alle metertief im Wasser", befahl der Einsatzleiter. Der Beobachtungsposten nickte ab und widmete sich wieder seinem Fernglas.

Manninga, the only one

Krisenstab
Am Kopfende des langen Tisches saß Dr. Keno Manninga. Die Beamten aus Aurich und Leer saßen links und rechts von ihm. Zudem war eine Zivilistin im Raum anwesend, Hilli Straaten, die Landtagskandidatin der „Vereinigten Friesen". Wohl keiner der Beamten, außer Dr. Manninga, wusste, warum sie nun hier war. Dr. Manninga eröffnete die Runde: „Ich fasse die aktuelle Sachlage zusammen und möchte keine Zwischenfragen", ermahnte er forsch. „Wir

haben ein Mordopfer am Upstalsboom. Täter bekannt und verifiziert, Torre Breedenbeek. Wir haben einen Einbruch in das Marinedepot in Weener. Haupttäter bekannt und verifiziert, Torre Breedenbeek. Wir haben zwei Einbrüche in Sendeanstalten in Ostfriesland, eine davon mit Geiselnahme und aktuell noch aktut. Und wir haben seit gestern Abend eine ernst zu nehmende Bedrohung für unsere Region hier. Irgendwelche Wahnsinnigen wollen den Emstunnel sprengen, wenn wir nicht auf ihre fanatischen Forderungen eingehen. Respektive Land und Bund. Damit haben wir eine terroristische Situation." Er fuhr fort: „Dies ist die gefährlichste Situation in Ostfriesland seit der Häuptlingskriege im Mittelalter. Zudem ein Angriff auf die Demokratie", ergänzte er. „Woher kennen Sie denn die Geschichte der Ostfriesen Dr. Manninga?", fragte Lana Booken überrascht nach. Dr. Manninga geriet augenblicklich aus seinem Konzept, sein Hals lief rot an und er räusperte sich ein wenig. „Nun ja", fuhr er mit ruhigen Worten fort, „als erfahrener Kriminalist beschäftigt man sich im Vorfeld einer Aufgabe natürlich mit der Region und ihrer Geschichte. So, weiter im Text", er wirkte wieder konzentrierter. „Das Landeskriminalamt Hannover hat mich als alleinigen Einsatzleiter für diese

Krisensituation hier abgestellt. Ich arbeite mit allen Landes- und Bundesbehörden zusammen. Sie hier vor Ort arbeiten mir alle zu, keiner geht im Alleingang, keiner geht an mir vorbei. Aufgrund der außergewöhnlichen Bedrohung wurde in Hannover, und letztlich auch in Berlin, entschieden, mich als Verbindungsmann von Bund und Land als ‚Head of Operation' zu autorisieren. Ich hoffe, Sie haben mich alle verstanden. Nichts, aber auch gar nichts, läuft ohne meine Anordnung, kein Telefonat, keine Zusammenkunft und keine Festnahme und auch kein Verhör. Und zur Presse absolutes Stillschweigen. Ich entscheide jeden, jeden Schritt hier", mahnte er in die Runde. Irgendwie wirkte er verärgert und haute wie Bruns auf den Tisch. „Dann erzählen Sie uns als ‚Head of Operation' nun doch eben wie es weitergehen soll, Herr Dr. Manninga", brachte sich Peter Jensen von der Leeraner Polizei ein. „Das will ich gerne machen, Herr Jensen", antwortete der Angesprochene postwendend, „und das auch gleich eben für alle. Wir haben noch cirka dreißig Stunden bis zu den angedrohten Sprengungen. Wir haben eine Telefonnummer über Hannover ermittelt, die uns mit Breedenbeek verbindet, Wir haben eine Vermittlerin hier in unserer Mitte sitzen und somit können wir die Zeit nutzen, um

zu deeskalieren und die Situation für uns auszu-
nutzen. Frau Hilli Straaten, die Landtagskandidatin der ‚Vereinigten Friesen', war lange Zeit
mit Torre Breedenbeek befreundet. Durch ihre
Admintätigkeit in der Facebook-Gruppe ‚Wi sünd
Oostfreesen un dat mit Stolt', kennt sie
Breedenbeek seit Gründung der Gruppe. Wenn
Breedenbeek jemandem traut, dann ihr. So
wollen wir den ersten Kontakt aufbauen." „Klingt
gut", erwiderte Bruns, „aber wie wollen wir
Presse und Unruhe über diesen Zeitraum ab-
wenden?" „Dafür habe ich gesorgt, Herr Bruns",
erwiderte Dr. Manninga. „Ich habe den Medien
vor zwei Stunden alles als eine große Polizei-
und Katastrophenschutzübung verkauft, die
erste in Ostfriesland, sie haben es gefressen!",
lachte er. „Frau Straaten nimmt von hier aus
Kontakt zu Breedenbeek auf, und parallel versuchen wir Breedenbeek zu orten. Wir müssen ihn
dazu bringen, die Geisel in Friedeburg freizu-
geben und seine Leute abzuziehen. Dann
konzentrieren wir uns auf ihn und im Anschluss
auf seine bekloppte Truppe in Friedeburg. Wo
auch immer er dann noch Gefolgsleute hat, wir
werden sie finden", Manninga klang zuversichtlich. „Wir müssen so aber ja die gesamten
Staffeln aus Leer, Emden und Aurich einsetzen,
um die verschiedenen Örtlichkeiten für die

nächsten dreißig Stunden zu kontrollieren und gegebenenfalls einzugreifen, wenn die Lage eskaliert", ermahnte Lana Booken. „Exakt, Frau Booken, das machen wir auch, exakt. So gehen wir vor", antwortete Dr. Manninga. „Während wir über Frau Straaten mit Breedenbeek verhandeln, sondieren wir die Lage und die Falle, und wir agieren an allen Orten gleichzeitig. Breedenbeek und alle seine Mitstreiter werden im selben Moment überrascht und dingfest gemacht", ergänzte er, „das ist der Plan."

60 Millionen Euro

Es war wohl der größte Geldtransfer über Landstraßen seit Anbeginn des Euro. Sechzig Millionen Euro waren von Hannover nach Emden unterwegs. In einem Geldtransporter, gut geschützt, wurde die Geldsumme bei der Landesbank in Hannover eingeladen. Es war gerade mal zwanzig Uhr, als Ralf Köpke und Werner Schneider das Fahrzeug beluden und ihre Arbeitsvorbereitungen trafen. Der Himmel schien ein wenig rot, blutrot, das war aber zu dieser Zeit recht häufig zu beobachten. Ein Handy klingelte, Ralf Köpke nahm ab. „He Schatz, alles gut, ich bin morgen abend wieder in Hannover, mach Dir keine Sorgen, ich melde mich vom Zielort aus", lachte er ins Handy.

„Schon wieder Deine Frau?", fragte Schneider. „Ja, sie macht sich halt immer Sorgen wenn ich unterwegs bin, heute durfte ich ja nicht mal sagen wo wir hinfahren. Sie hat halt immer ein bissel Angst wenn ich einen Auftrag habe", erwiderte Köpke. „Die Frauen halt", lachte Schneider. Beide gaben sich die „Fünf" und bestiegen das Fahrzeug. Es lag eine lange Strecke vor ihnen. Die meiste Zeit sollte über Land gefahren werden. Mehrere Baustellen auf den Autobahnen wären potentielle Angriffsziele, somit hatte die Leitung der Bank und des Geldtransports sich für diese ungewöhnliche Strecke entschieden. Schneider setzte sich auf den Beifahrersitz und aktivierte die Satellitenerkennung des Arbeitgebers. Köpke stellte das Navi an und gab das Ziel ein. Commerzbank Emden, Am Delft. „Kaffee genug an Board", stellte Köpke fest. Er drehte den Schlüssel um, das Fahrzeug startete, und die Reise ging los. Eine Reise mit vielen möglichen Gefahren, aber auch eine Reise, die eigentlich niemandem außer ihnen bekannt war. Es waren falsche Routen kommuniziert worden, und die wirkliche Strecke kannte nur eine Hand voll Leute.

Burg Stickhausen

Das alte Nokia Handy klingelte schon wieder. Breedenbeek lag gerade mit den Beinen hoch. Er ärgerte sich immer wieder über dieses olle Ding. Jedesmal, wenn das klingelte, fühlte er sich nicht mehr wohl. Es machte ihn immer auf diese neue Abhängigkeit und auf seine Dummheit, reingefallen zu sein, aufmerksam. „Was ist los?", sprach er ungehalten ins Handy. Der Teilnehmer auf der anderen Seite blieb einen Moment stumm. „Willst Du mich verarschen?" Breedenbeek wurde wütend. „Nee, alles gut, also unser Reisebus ist auf dem Weg", kam von der anderen Seite. „Alles klar, weiß ich Bescheid", erwiderte Breedenbeek und legte ohne weiterzureden auf. Er ärgerte sich maßlos, diesem Affen auch noch dienen zu müssen. Ein Friese dient nicht, er geht nie auf die Knie, er steht immer aufrecht. Was war das nur für eine Scheiße, in der er nun reingeraten war. Er öffnete den Laptop und schloss ein Handy an den USB Eingang. Es öffnete sich eine Maske und er schaute auf einen beweglichen Punkt auf der Karte. Breedenbeek betätigte ein paar Tasten und nahm ein drittes Handy zur Hand. „Ich bin's, geht los, sind alle zusammen?", fragte Breedenbeek. „Ja, es läuft alles nach Plan", erwiderte die Stimme, „Du kannst Dich auf uns verlassen." Zufrieden legte Breedenbeek seine Beine wieder auf das alte Sofa und schlürfte an seinem Whisky. „Ist doch gut wenn man die meisten Fäden in der eigenen Hand hat!", lachte er vor sich hin.

Am Upstalsboom

„Raus mit Dir Du Backfisch!", ranzte der Maskierte Rikus Tecken an. Er schubste ihn auf das Denkmal am Upstalsboom zu und hielt ihm die Waffe an den Kopf. „Na, Du alter Sack, nun geht Dir die Pfeife auf Grundeis, wa?" Der Maskierte lachte laut auf und schubste Tecken auf die Knie direkt vor das Denkmal. „Ich weiß wirklich nicht, was Sie von mir wollen, ich habe nichts, was ich Ihnen anbieten kann. Was soll das Ganze, was wollen Sie von mir?", versuchte Tecken vorsichtig zu erfragen. „Alter, halt einfach die Fresse, ist gleich vorbei, tut auch gar nicht weh. Also hör auf zu jammern und warte ab", fauchte der Maskierte Tecken an. Er band ihm die Hände auf den Rücken und setzte ihm eine schwarze Mütze auf. Dann ging er zum Caddy und holte ein Stativ und eine Kamera vom Beifahrersitz. Dabei hatte er immer die Umgebung im Auge und schaute sich ständig um. Hastig baute er die Kamera vor dem Denkmal auf und richtete sie auf Tecken aus. Er selbst stellte sich seitwärts zu Tecken und rief: „Test, Test." Die Kontrolle auf seiner Kamera stellte ihn zufrieden und er drückte erneut auf die Zeitverzögerung des Auslösers der Kamera. Er stellte sich wieder seitwärts zu Tecken ans Denkmal und schaute auf die Uhr. Dann sprach er folgende Sätze in die Kamera:

„ Eala Frya Fresena!
Hier spricht eure friesische Streitmacht.
Jeder Krieg erfordert Opfer, jedes Ziel erfordert Opfer, auch Freiheit erfordert immer Opfer. Ihr wisst, was wir wollen, ihr wisst, was wir fordern, ihr wisst, was wir wahrmachen, wenn ihr nicht gehorcht! Hier kniet euer großer Häuptling der ostfriesischen Landschaft. Er jammert gerade um sein Leben. Voll der Witzknochen und lächerlich, ihn als wahren Friesen zu benennen. Also seht zu, dass ihr unsere angekündigten Forderungen bis morgen umsetzt und bestätigt, ansonsten hol ich mir den nächst besten Landrat. Der wird dann nicht an der Ems ersaufen, den knall ich vorher ab. Wo ihr den Back-fisch hier abholen könnt, sieht man ja im Video, ich lass ihn dann mal hier. Für ein freies Friesen-land, für ein vereinigtes Friesenland!"
In diesem Moment richtete der Maskierte die Waffe auf den Kopf von Tecken, zog den Abzug zurück und schaute dabei in die Kamera. Er

wendete blitzschnell die Waffe vom Kopf ab und schoss Tecken in beide Beine. Tecken schrie laut auf und der Maskierte zog ihm mit der Pistole eins über die Kapuze. Tecken brach in sich zusammen, und der helle Sand am Upstalsboom färbte sich nun zum wiederholten Male rot ein. Der Maskierte packte Kamera und Stativ, rannte zum Fahrzeug und schmiss alles auf den Beifahrersitz. Er wendete auf dem kleinen Stück am Tor seitlich vom Upstalsboom und jagte mit quietschenden Reifen davon.

Friedeburg

Tammenburg saß in der Ecke und schmatzte an seinem Hamburger. Die beiden Maskierten hatten Pommes und Hamburger bestellt. Der Lieferdienst hatte nicht weiter nachgefragt, warum er das Essen vor der Tür absetzen sollte. Bei einem Hunni als Trinkgeld fragt man da nicht weiter nach. Die Polizeisperren rund um den Sender hatten ihn natürlich passieren lassen. Es war ja eine große Katastrophenschutzübung als offizielle Mitteilung gesetzt worden. So verhielten sich die Beamten entsprechend der Anweisungen von Dr. Keno Manninga.

Irgendwo klingelte ein Handy. Der Anführer der Maskierten, der nach seiner Cola gerade noch lauthals gerülpst hatte, sprang auf und ging ans

Handy. „Ja doch, okay, machen wir, jetzt gleich, ja, ist ja okay, keine Panik, hier ist alles im Lot", antwortete er auf die wohl diversen Fragen und Anordnungen. „Hoch mit Dir Du müder Sack, schmeiß den Sender an, wir müssen senden", ranzte er Tammenburg an. Tammenburg stand auf und setzte sich an das Sendepult. Er betätigte ein paar Schalter und im Hintergrund leuchtete eine grüne Lampe auf: „On Air". Der maskierte Anführer schubste Tammenburg vom Stuhl und setzte sich an das Mikrofon:

„Hier spricht die friesische Streitmacht, wir haben ein Paket zum Upstalsboom gebracht. Wenn ihr schnell seid, habt ihr noch was davon, wer zu spät kommt wird vom Leben bestraft. Kommt ihr bis morgen abend nicht unseren Forderungen nach, sterben Menschen und Ostfriesland säuft ab. Eala Frya Fresena!"

Und zu Tammenburg: „Schalt das wieder ab, Du Sendefratz, ich bin fertig." Tammenburg erhob sich abermals und schaltete die Sendeanlage wieder ab.

Post für Manninga
Dr. Keno Manninga saß an seinem Laptop. Über die einkehrende E-Mail war er zunächst verwundert. Dann erinnerte er sich sehr schnell

daran, dass alle eingehenden Mails zentral erst zu ihm kamen. Das hatte er ja selbst so angeordnet. Auch das Abfangen der Sendeleitung des FRF hatte er wohlweislich sofort veranlasst. Alle Sendungen kamen nun per E-Mail zu ihm - und erst mal nur zu ihm. In der Mail war eine kurze Videosequenz. Er öffnete den Link und schaute entsetzt auf die Bilder. Er stand auf und rannte in das Büro von Okko Bruns und rief: „Bruns, wir benötigen einen Krankenwagen, sofort und direkt zum Upstalsboom. Wir haben einen Schwerverletzten dort!" Bruns konnte ihm nicht folgen. „Was ist los, wer ist verletzt, Scheiße Mann, reden Sie Manninga, wo denn und wer ist verletzt?" Bruns drehte schon wieder durch. „Na, ich habe gerade eine E-Mail mit einem Anhang bekommen, da schießt jemand auf einen Menschen am Upstalsboom und einer von den Bekloppten sagt, er hätte ein Paket für uns", Dr. Manninga überholte sich beim Reden selbst. „Lana, Lennert, wir müssen los, ruft einen RTW zum Upstalsboom, wir haben schon wieder ein Opfer dort!", schrie Bruns durch die Abteilung, und Lana Booken und Lennert Jakobs rannten zum Einsatzfahrzeug. Bruns sprang hinten in das Auto und dachte kurz nach. „Die wichtigsten Menschen sitzen immer hinten", dachte er und lachte ein wenig in sich hinein. Mit durchdrehenden Reifen ging es vom Parkplatz durch die Stadt. Lana saß am Steuer, Martinshorn an, und Lennert musste sich zum wiederholten Male festhalten, wenn Lana die Kurven nahm und bei Rot über die Ampeln rauschte. Wahrlich, ein Rennwagen war der 2018 Passat Variant nicht, aber in diesen Situationen liebte Lennert das Fahrzeug für seine Straßenlage und das Platzangebot im Inneren.

Nordic Walking im Blut

Lena Bents lief jeden Tag mit ihren Nordic Walking Stöckern eine Strecke von fünf Kilometern. Und das zu jeder Tageszeit und bei jedem Wetter. Sie hatte in zwei Jahren fast dreißig Kilo abgenommen und war seit dem ersten Tag voll motiviert dabei. Die Strecke war immer dieselbe. Begonnen in Westerende Kirchloog, zum Gelände am Upstalsboom, dann um den gesamten Upstalsboom herum, durch die Siedlung zurück und wieder nach Westerende Kirchloog. Heute war sie besonders motiviert, ihre Waage hatte wieder minus zwei Kilo angezeigt. Vergnügt bog sie beim Upstalsboom ein und sprintete mit großen Schritten auf das Denkmal zu. Es war schon leicht dunkel und am Denkmal war es eigentlich sehr ruhig. Heute nicht. Sie vernahm ein Wimmern und Stöhnen in der Nähe des Denkmals. Sofort schmiss sie die Stöcker von sich und rannte los. Intuitiv direkt auf das Denkmal zu. Sie erschrak fast zu Tode, als sie einen zusammengekrümmten Körper inmitten von Blut liegen sah. Lena riss dem Körper die Kapuze vom Gesicht und drehte den nun erkannten Mann auf die Seite. Sie riss sich ihr Hemd in zwei Stücke und legte bei beiden Beinen einen provisorischen Druckverband an. „Was ist Ihnen passiert, wer war das, oh Mann, ich rufe Hilfe", sie übersähte Tecken mit Fragen. Tecken konnte nicht antworten, er stöhnte leicht auf. Der große Blutverlust hatte ihn so geschwächt, dass Reden und Zuhören kaum möglich waren. Aber er war bei Bewusstsein. Als Lena zum Handy griff, hörte sie Martinshörner. Einen Moment später nahm sie Lichtkegel von Fahrzeugen wahr. Sie legte das Handy zur Seite und stützte Tecken den Kopf. Als sie gerade beruhigend auf ihn einreden wollte, ergriff jemand ihre Hände und drückte sie mit Gewalt auf den Boden. Ihr Gesicht lag im Blut und sie roch den eigenartigen Geruch von frischem Blut. „Polizei, liegen bleiben, nicht bewegen!", schrie Lana Booken sie an. „Gesichert!", rief Lana in die Richtung der Lichtkegel. Lena überkam eine Riesenangst, sie spürte etwas Kaltes an ihren Händen und sie begriff sofort, dass es sich um

Handschellen handeln musste. Lennert stürmte hinzu, und Okko Bruns sicherte vom Einsatzfahrzeug aus das Geschehen. Kurze Zeit später traf der RTW ein und binnen fünf Minuten war Tecken versorgt. Er schwebte laut Notarzt nicht in Lebensgefahr, aber die beiden Schüsse in die Beine und die Kopfverletzung vom Pistolengriff machten dem Arzt Sorgen. Es war viel Zeit vergangen, vielleicht zu viel. Lena wurde aufgerichtet und zum Streifenwagen gebracht. Sie wollte so viel sagen, aber die Worte blieben ihr im Hals stecken. Sie weinte lauf auf, aber das nützte ihr nichts. Mit hartem Griff auf ihren Kopf wurde sie auf den Rücksitz gedrückt und angeschnallt. „Okay, Lage im Griff, mutmaßlichen Täter festgenommen, passt doch", grinste Bruns seine beiden Kollegen an. „Okko, ich bin mir da nicht so sicher, wir haben an beiden Beinen Druckverbände gefunden, Nordic Walking Stöcker vor dem Denkmal, und ich glaube, diese Frau wollte helfen", setzte Lana entgegen. „Papperlapapp, das sah für mich anders aus", erwiderte Bruns. „Wir nehmen sie mit zum Verhör, dann wissen wir mehr."

Zugespitzte Lage

Straaten verhandelt

Hilli Straaten saß neben Dr. Keno Manninga und schaute auf einen Bildschirm mit Notizen. Manninga wählte eine Nummer, die Straaten nicht sehen konnte. Es klingelte. „Ja, was ist?", hörte Hilli auf einem großen Lautsprecher. Sie war ein wenig nervös, aber Manninga hielt ihre Hand und nickte ihr zu. „Mein Name ist Hilli Straaten, wir kennen uns von früher, Herr Breedenbeek, erinnern Sie sich an mich?", fragte sie mit zögerlichen Worten. „Mensch Hilli, natürlich weiß ich wer Du bist, woher hast Du diese Nummer, was soll das Ganze?", erwiderte die Stimme am anderen Ende des Hörers. Breedenbeek stockte einen Moment, er begriff im gleichen Moment, dass dieses Gespräch nicht die gewohnte Form annehmen würde. Sie war nicht allein, das hatte er nach Sekunden begriffen. Aber wieso rief sie ihn auf einer Nummer an, die er nur ganz selten benutzte? Wer steckte dahinter? War es am Ende ein Komplott gegen ihn? „Ich bin beauftragt worden, als Unterhändlerin mit Dir zu verhandeln, die Polizei weiß, wer Du bist und was Du vorhast. Und, dass Du und Deine ganzen Schergen hinter dem geplanten Anschlag stecken. Du musst vernünftig werden und einlenken." Straaten dachte dabei natürlich nicht an die fünf Prozent Hürde im Landtag. Die würde ihre Partei benötigen um einzuziehen. „Was bietet das Land Niedersachsen uns denn an?", fragte Breedenbeek nach. „Ihr bekommt die Abschaffung der fünf Prozent Hürde für die nächste Landtagswahl zugesichert, die Unterschriften dazu werden gerade vorbereitet. Ferner einen Zuschuss für die Aufwertung des Upstalsboom von 150.000,- Euro und die Aufnahme der altfriesischen Sprache in den Unterricht. Das wäre unser Angebot", führte Straaten die Punkte auf. „Das ist inakzeptabel, Hilli, Straffreiheit für meine Streitmacht und mich", fauchte Breedenbeek zurück und legte wieder auf. Dr. Manninga schaute Straaten vorwurfsvoll an. „Sie sollten ihn am Rohr beschäftigen, damit wir ihn orten können, Sie sind einfach nicht fähig Verhandlungen zu führen. Oh Mann, wir hätten ihn fast gehabt!", schnaubte Dr. Manninga. Hilli Straaten erwiderte: „Dr. Manninga, ich kenne Torre Breedenbeek. Vergessen Sie nicht, der ist nicht dumm, lassen Sie mich weitermachen, gut Ding will Weile haben. Ich bekomme das schon hin." Dr. Manninga verzog verächtlich sein Gesicht, stimmte aber zu. „Okay, wir machen eine Stunde Pause und dann versuchen Sie es erneut", warf er ein.

Schuldig oder nicht?
Lena Bents saß im Verhörraum der Auricher Polizei. Die Tür öffnete sich und Lana Booken setzte sich zu ihr auf den Stuhl gegenüber des schmalen Tisches. „Frau Bents, Sie wohnen in Westerende Kirchloog, sind zweiundreißig Jahre alt, unverheiratet und haben keine Kinder, ist das richtig?" „Ja genau, ich hab mit der ganzen Sache nichts zu tun, ich war nur zur falschen Zeit am falschen Ort, ich kenne den Mann aus der Zeitung. Heute war ich mit den Nordic Walking Stöckern auf meiner regel-mäßigen Strecke unterwegs. Als ich am Upstals-boom ankam, lag dieser Mann in seinem Blut. Ich habe sofort Druckverbände an seinen Beinen angelegt und versucht, ihn zu beru-higen", antwortete Lena Bents artig und noch immer benommen von der ganzen Situation. „Langsam an, Frau Bents, langsam an. Wir haben nicht gesagt, dass Sie die Täterin sind. Wir sagen nur, Sie sind verdächtig, weil Sie am Tatort waren. Sobald wir das Opfer vernehmen können, werden wir schlauer sein", erwiderte Lana Booken beruhigend. „Haben Sie am Tatort weitere Personen gesehen, Frau Bents?" „Nein,

das habe ich nicht, das ging alles so schnell und der Mann wimmerte vor Schmerzen, ich musste doch sofort handeln." „Okay, das war erst mal alles, wir stellen Ihnen gerne einen Anwalt zur Seite, aber ein bisschen müssen Sie leider noch bleiben", warf Lana ein. „Ich habe nichts verbrochen, ich wollte nur helfen, ich brauche keinen Anwalt, das Opfer wird es Ihnen sicher bestätigen!", wütete Lena Bents zurück. „Okay, wir reden später weiter, ich lasse Ihnen nun erst mal Kaffee und etwas zu essen bringen", versuchte Lana noch mal zu beruhigen. Sie verließ den Raum und nahm ihr Handy zur Hand.

Tödliche Reise

Köpke und Schneider passierten gerade die Autobahnabfahrt Filsum in Ostfriesland. Sie sollten laut Auftrag von dort aus über die Bundesstraße B 72 Richtung Hesel weiterfahren und dann geradeaus Richtung Emden. Gut gelaunt bogen sie Richtung Hesel ab. Kurz vor dem Pendlerparkplatz unweit der Abfahrt, wurden sie von einem dunklen Transporter überholt. Auf Höhe des Parkplatzes drängte der Transporter ihr Fahrzeug plötzlich von der Fahrbahn. Köpke hielt das Manöver zunächst für ein außer Kontrolle geratenes Fahrzeug, reagierte dann geistesgegenwärtig und bog mit quietschenden Reifen auf den Parkplatz ein. Er brachte den Geldtransporter zum Stehen und knallte mit dem Kopf gegen die Scheibe. Einer seiner schlechtesten Angewohnheiten war es zu vergessen, sich anzuschnallen. Schneider hatte ihn schon oft ermahnt, aber bei Köpke war Hopfen und Malz verloren. Schneider schaute schnell zu ihm rüber und versuchte, ihn aus der kurzzeitigen Bewusstlosigkeit zu befreien. In diesem Moment sah er vier vermummte Gestalten um das Fahrzeug stehen. Schwer bewaffnet und maskiert. Auf den Schultern der Maskierten thronte ein Abzeichen, aber keines, das er kannte. Zu dunkel um es zu erkennen. Köpke kam zu sich, sie schauten sich an und wussten, dass dies hier ein knallharter Überfall war. Köpke griff zum Handy und wollte gerade auf den Alarmknopf drücken, als eine gewaltige Explosion das Führerhaus des Geldtransporters zerfetzte. Köpke dachte noch an zu Hause, an seine Frau und an das letzte Telefonat. Schneider realisierte das Ende ohne noch mal nachzudenken. Für beide war es der letzte Moment, den sie lebend wahrnahmen. Die vier vemummten Gestalten machten sich sofort an die Seitentür, setzten ein blaues viereckiges Stück, wie Knetmasse, an die Tür, steckten einen Zünder in die Masse und entfernten sich vom Transporter. Mit einem lauten Knall fetzte die Tür cirka fünf Meter weiter in die Böschung. Die Männer rannten auf den Transporter zu und und räumten in Windeseile alle metallenen Koffer aus dem Fahrzeug. Kurze Zeit später rasten sie mit ihrer Beute in Richtung Cloppenburg zurück. Der Beifahrer im Fahrerhaus wählte eine Nummer und antwortete mit: „Das Paket ist an Bord, wir sind gleich da." Der dunkle Transporter bog in Stickhausen von der Schnellstraße ab und raste auf die alte Burganlage zu. Dort bog er links zum Haupthaus der ehemaligen Besitzerin ab.

Something wrong?

Okko Bruns saß immer noch an seinem alten Schreibtisch, Lana hatte frischen Tee gebrüht. „He Okko, ich habe ein echt komisches Gefühl, der olle Manninga verschanzt sich nun seit mehreren Stunden in seinem Büro. Er fragt nach nichts, er ordnet nichts an und überhaupt, er ist merkwürdig unterwegs", redete sie auf Okko ein. „Wie kommst Du da denn drauf, Lana, der ist einfach nur arrogant und eben ein Doktor, die sind halt zum Teil ein bissel abgehoben unterwegs, liegt wohl am Bildungsstand", erwiderte Okko und schlürfte genüsslich seinen Tee. „Nee Okko, wir haben noch knapp fünfundzwanzig Stunden und der Kerl sitzt ruhig in seinem Käfig, telefoniert ständig mit irgendwelchen Leuten und bei uns kommt nichts an, das passt nicht", ärgerte sich Lana. „Ist doch scheißegal Lana." Lennert kam gut gelaunt dazu. „Er hat gesagt, alles läuft über ihn, er regelt alles, und jeder Auftrag läuft über seinen Tisch, was wollen wir mehr?" „Nee Lennert, da passt was nicht, ich hab schon mal geschaut, er ist tatsächlich beim Landeskriminalamt in Hannover, zudem als ‚Überflieger' in einigen Berichten angemerkt, aber ich werde das Gefühl nicht los, dass der ‘ne eigene Suppe kocht", erwiderte Lana beiden Kollegen. „Wir haben Lena Bents laufen lassen", brachte Lennert sich erneut ein. „Sie hat weder Motiv, noch Schmauchspuren an den Händen und überhaupt, sie wollte einfach nur helfen", ergänzte er. „Außerdem ist unser Opfer vom Upstalsboom wach geworden, ich war dort und habe seine Aussage aufgenommen. Der Täter war nach seiner Aussage definitiv ein Mann", fügte Lennert noch an. „Okay, dann sind wir wieder bei Null, Scheiße Mann, Scheiße", fluchte Okko vor sich hin. „Noch mal auf den Doc zurück Okko, wir sollten uns mit den Leeraner Kollegen an einem neutralen Ort treffen. Ohne den Doc und ohne Ankündigung an ihn. Ich bringe den

Lappi mit und wir schauen uns sein Profil noch mal genau an, ich traue dem nicht", redete Lana beschwörend auf ihre Kollegen ein. „Okay, Lana, Du hast gewonnen. Morgen früh um zehn Uhr. Informiere bitte die Leeraner Kollegen und nur die beiden, denen wir vertrauen. Du hattest schon immer ein gutes Bauchgefühl", erwiderte Okko Bruns. „Danke, Okko, das ist echt klasse, ich werde heute nacht noch recherchieren", bedankte Lana sich fast freundschaftlich bei Okko. „Wir treffen uns morgen beim ‚Melkhuske' in Ostrhauderfehn, Okko. Ich kenne die Besitzerin, sie wird uns mit Sicherheit die Blockhütte hinter dem Melkhuske zur Verfügung stellen", sagte Lana noch freudig beim Hinausgehen. „Wenn es dort Tee gibt, bin ich sofort dabei", lächelte Okko Bruns und nuckelte erneut an einer frisch eingeschenkten Tasse Tee.

Hilli Straaten schaute auf den PC und wartete auf weitere Anweisungen von Dr. Manninga. Der saß ihr nun schon seit Stunden gegenüber. Dreimal hatten Straaten und Breedenbeek in den letzten Stunden verhandelt, sie waren sich absolut nicht einig geworden. Gut, die fünf Prozent Hürde hatte man Torre Breedenbeek zugestanden, aber dann wurde es auch schon kritisch. Der schwerste Punkt, die Straffreiheit für Breedenbeek und seine Leute, konnte die ganzen Verhandlungen zum Scheitern bringen. Dr. Manninga schien mega gelassen, wobei er immer mehr den Druck der Medien und den der Kollegen aus Hannover sowie mittlerweile auch aus Berlin, zu spüren bekam. Zudem noch die Sperrung des Emstunnels in Leer. Es kamen immer mehr Fragen auf, immer mehr Ungereimtheiten, die er irgendwie erklären musste, wenn er Herr und Regent der Aktion bleiben wollte. Aber man merkte ihm das nicht an, er telefonierte pausenlos und regelte die Dinge auf seine Weise. Straaten fragte sich mehrmals, warum er die Hilfe und Unterstützung der anderen Abteilungen nicht annehmen wollte. „Schon merkwürdig das Ganze", dachte Straaten bei sich. Der Raum war mittlerweile richtig stickig geworden, irgendwo klingelte ein Handy in Dr. Manningas Tasche. Es war ein anderes Telefon als sonst. Dr. Manninga nahm ab und legte ohne ein Wort zu sagen wieder auf. Straaten schaute ihn fragend an, wagte aber nicht nachzufragen. Sie wollte natürlich auch keine große Aufmerksamkeit auf ihre Person. Dr. Manninga war ja nicht dumm. Und dass Breedenbeek und sie sich auch anders kannten als offiziell bekannt war, sollte nun ja wirklich keiner mitbekommen. Schon gar nicht Dr.

Manninga. „Frau Straaten, ich muss mal eben kurz los, mich duschen und frischmachen, ich komme so schnell wie ich kann wieder. Bleiben Sie bitte hier, wir werden noch einen Versuch unternehmen. Danach werde ich die Einsatzkräfte in Bewegung setzen und weitere Unterstützung anfordern, sollten wir zu keinem Ergebnis kommen", raunte Manninga. „Alles klar, ich war ja auch schon zu Hause, Herr Dr. Manninga, ich warte hier auf Sie", bestätigte Straaten. Dr. Manninga stand auf, ein wenig hastig und verließ seinen „Bunker". Kurze Zeit später hörte Hilli Straaten das Wegbrausen eines Fahrzeugs vom Parkplatz.

Burg Stickhausen
Torre Breedenbeek saß im Wohnzimmer des Haupthauses der alten Burganlage und genoß seinen Kaffee. Zufrieden nahm er das alte Nokia Handy und wählte eine Nummer. „Das Paket ist in ein paar Minuten da", hörte die Stimme auf der anderen Seite. Torre legte auf und schmiss das Handy in die Ecke. Er ging zur Tür und öffnete sie einen Spalt. Zwei Lichtkegel kamen auf die Einfahrt zum Haupthaus der Burganlage und Torre sah einen Transporter direkt vor der Eingangstür stehen. „Eala Torre, es hat alles geklappt, da knuspert nun ein Geldtransporter

auf dem Parkplatz!", lachte einer der vier aussteigenden Männer. „Eala, packt die Kisten einfach vorne in den Flur, das sind mal eben zehn Millionen Euro, klasse, dass das alles geklappt hat", lobte Torre seine Männer. Die Männer brachten die Kisten in den Eingangsbereich des Haupthauses und machten sich im Wohnzimmer breit. Bierflaschen wurden geöffnet und sich zugeprostet. Auf diesen Erfolg musste nun erst mal einer getrunken werden, stellten die Männer um Torre fest. Nach kurzer Zeit waren zwei Kisten Bier und eine Pulle Jim Beam geleert, und einer der Männer sprach Torre an: „Eh Meister, wieso bekommt der olle Arsch eigentlich sechs Millionen und wir nur vier, wir haben die Arbeit damit und müssen den Dreck wegmachen und der rennt mit dem größten Anteil davon?" „Ganz einfach, Theo, er hat uns alles vom Hals gehalten, er hat den Weg bereitet und wir können nun vier Millionen für unsere weiteren Projekte nutzen", erwiderte Torre kalt aber doch besonnen. „Wer ist das überhaupt?", stotterte Gerd mit seiner alkoholisierten Stimme. „Ich weiß es nicht, Gerd, und das ist auch besser so, für uns alle. Wenn er die Macht hat, die Bundes- und Landespolizei in einem Fall wie diesem zu umgehen und in Schach zu halten, dann ist er gefährlicher als jemals gedacht. Er hat mich ja auch soweit gelinkt, dass ich da nicht mehr rauskam. Wir müssen auf der Hut sein, wenn wir das hier auf-lösen, ich trau dem keinen Millimeter", ant-wortete Torre. „Na, ist mir auch egal, hat alles geklappt und mit vier Millionen für den Anfang ist alles top", erwiderte Gerd nun doch mächtig besoffen. Torre lachte ihm zu: „Gerd, das ist erst der Anfang. Den nächten Coup machen wir wieder alleine!"

Notruf Leer

Jannes Bloem war gut gelaunt. Er hatte ab heute Urlaub. Auf seiner Strecke nach Hause fuhr er über die B72 in Richtung Hesel. Kurz vor dem Parkplatz sah er die Flammen des brennenden Transporters schon von Weitem. Jannes bog auf den Parkplatz ab und brachte seinen Wagen in sicherem Abstand zum Brandherd zum Stehen. Er versuchte näher an den Brandherd zu gelan-gen, aber es war zu heiß. Als erstes sah er das zerfetzte Führerhaus und vermutete eine Explo-sion. Sofort zog er sein Handy aus der Tasche und wählte den Notruf. „Notruf Leer, was ist passiert?", hörte er auf der Teilnehmerseite. „Mein Name ist Jannes Bloem, ich stehe auf dem Parkplatz in Filsum an der B72. Bitte kommen Sie sofort, hier brennt ein Transporter, ich kann nichts machen, viel zu heiß. Bitte helfen Sie mir", antwortete er ganz aufgeregt. „Alles klar, bitte beruhigen Sie sich, wir kommen sofort. Bleiben Sie bitte am Unfallort in sicherem Abstand und bewahren Sie die Ruhe", hörte er die Teilnehmerstimme auf der anderen Seite. Es war mal wieder ostfriesisch nass und kalt und Jannes holte sich schnell eine Jacke aus dem Auto. Er überlegte kurz ein paar Fotos für Facebook zu machen, verwarf den Gedanken aber sofort wieder. Er hasste die Bilder von Verletzten und Opfern auf Facebook und schämte sich für seine kurzweiligen Gedanken. In sicherer Entfernung wartete er auf die Einsatzkräfte von Polizei, Krankenwagen und Feuerwehr. Die Zeit verging überhaupt nicht, es kam ihm vor, als wären Ewigkeiten vergangen, als er die Martinshörner hörte und die Einsatzfahrzeuge heranbrausen sah. Mittlerweile waren zwei weitere unbeteiligte Fahrzeuge eingetroffen und die Insassen versuchten zu Fuß näher an die Unfallstelle zu gelangen. Die Einsatzkräfte begannen das Gelände weitgehend abzusperren und die Schaulustigen hinter die Absperrungen zu bekommen. War nicht einfach, aber nach kurzer Zeit kam Ordnung in das Geschehen. Nach cirka fünfzehn Minuten war das Feuer komplett gelöscht. Der Transporter war praktisch ohne Führerhaus und der Laderaum war an der Hinterseite offen. Die Türen fehlten komplett und es roch irgendwie nach einem Gemisch von verbrannter Chemie und auch Fleisch. Die Schaulustigen lachten, erzählten sich Witze und Jannes wurde schlecht bei einigen Wortbrocken. Er entfernte sich noch ein bissel weiter. „Jan, komm mal her!", rief einer der Feuerwehrmänner seinen Einsatzleiter aufgeregt zu sich. Jannes Aufmerksamkeit folgte dem Einsatzleiter und seinen Kollegen. Auf einmal standen mehrere Kräfte links neben dem ausgebrannten Transporter. „Oh Mann, das ist ein abgerissener Arm", hörte Jannes einen der Männer sagen. In diesem Moment wurde Jannes klar, hier waren Menschen gestorben, auch die anderen Schaulustigen verstummten und schauten regungslos in die Richtung der Einsatzkräfte. Hier waren Väter, Ehemänner und Freunde umgekommen, soviel stand fest. Innerhalb weniger Minuten sammelten die Einsatzkräfte menschliche Körperteile in schwarzen Säcken ein. Tiefe Betroffenheit und Ohnmacht erfüllten die Augen der Männer am Unfallort.

Burg Stickhausen

Es war schon sehr spät, die Burganlage lag noch in tiefem Schlaf. Die meisten der Männer, die noch vor kurzer Zeit ein Bier nach dem anderen getrunken hatten, lagen im „Vollkoma" im Wohnzimmer. Es sah ein bisschen so aus, als wenn es ein Junggesellenabschied gewesen wäre. Torre lag auf dem Sofa und war noch wach. Er wusste, es würde heute noch Besuch kommen, wichtiger Besuch.

Als die Lichtkegel eines Fahrzeugs auf die Hauptwohnung der Burganlage zufuhren, stellte Torre Breedenbeek sechs Kisten aus dem Überfall vor die Tür. Er beeilte sich, um nicht in Kontakt mit dem anhaltenden Fahrzeug zu kommen. Er schaute nicht auf, ging mit schnellen Schritten wieder in den Flur und schloss die Tür. Vor der Tür hörte er nur das Kratzen der Behälter auf dem Boden, irgendjemand stöhnte kurz auf, dann wurde wieder alles still. Die Lichtkegel entfernten sich von der Wohnung und Torre atmete erleichtert auf. „Geschafft", dachte er und ging wieder ins Wohnzimmer, wo seine Männer ihren Rausch ausschliefen. Torre öffnete den Laptop um nach Nachrichten von Hilli zu schauen, da war aber nichts. „Noch gut achtzehn Stunden", dachte er bei sich, dann würde das Feuerwerk am

Emstunnel leider gezündet werden müssen. Aber so weit, nein, so weit musste es ja nicht kommen. Er war ja verhandlungsbereit und würde auch Abstriche machen, nun mit der Kohle im Nacken umso einfacher. Er legte sich wieder auf seinen Thron, das alte Sofa und dachte nach. Irgendwie hatte er ein komisches Gefühl. Nach der Erleichterung über den geglückten Coup, erwischten ihn erste Zweifel am Gesamtplan. Sein unbekanntes Gegenüber, der Master of Desaster, hatte nun das, was er wollte. Wer war dieser Jemand überhaupt. Wer hatte so viel Macht, Torre und die Seinen zu schützen und ihnen weitgehend freie Hand bei ihrem Tun zu lassen? Wer war dieser Jemand? Torre dachte an das erste Zusammentreffen mit dem unbekannten Helfer. Er war nach den Morden an vier Menschen kurzzeitig aus Ostfriesland geflohen. Zu unsicher die ganze Ecke. Der Schuss auf die Polizistin Lana Booken beim Halt in Bagband hatte einen Shitstorm auf Facebook ausgelöst, ganz Ostfriesland hasste ihn für seine Grausamkeiten. Dabei hatte man ihn doch gelinkt, Geld verdient und die friesische Idee verraten. Und das von den Menschen, denen er vertraut hatte. Okay, er musste dann eben für kurze Zeit raus aus Ostfriesland. Aber eben nicht lange. Nachrichten sind immer nur so lange interessant, bis neue folgen. Irgendwann wurde es in den Medien stiller um die „Fratze" Torre Breedenbeek. Das war der Zeitpunkt nach Ostfriesland zurückzukehren. Und genau bei seiner Ankunft hatte er den ersten Kontakt zu diesem Typen, er hatte ihn nie gesehen, nie erspähen können. Oft, ja oft, hatte Torre das versucht, es war ihm nie gelungen. Er war zunächst in einer alten Ziegelei im Rheiderland untergekommen. Eigentlich ein Museum aber eben schön einsam. Dort hatte er sich einen Internet Zugang über einen Stick besorgt. Ein Tag nach seiner Ankunft kam dann die E-Mail auf seinen Account.

Da stand nur folgender Text:

„Ich weiß wer Du bist, ich weiß was Du alles gemacht hast, ich weiß wo Du bist und ich kann Dich sofort hoppnehmen. Aber das will ich nicht. Ich will mit Dir zusammenarbeiten, ich helfe Dir, Du hilfst mir. Antworte nicht, ich melde mich bei Dir. Morgen um zehn kannst Du ein Handy im Mülleimer am Plytenberg in Leer abholen. Mach es."

Zunächst hatte Torre die Mail nicht richtig ernst genommen. Als er am anderen Tag aber am Plytenberg in Leer das Handy fand, nahmen die

Dinge ihren Lauf. Immer mehr mischte sich da jemand in Torres Leben ein, immer mehr sagte der Unbekannte an und forderte ein. Er wusste anscheinend genau, was Torre geplant hatte. Und so war nicht mehr Torre der Planende, sondern dieser Unbekannte. Aber was wurde nun? Konnte Torre auf den Unbekannten zählen? Er musste nachdenken, nicht die Kontrolle verlieren, nicht zum Spielball werden. Handeln war angesagt.

Melkhuske Osterfehn

Ostrauderfehn, eine Gemeinde im Landkreis Leer, hatte ihren Namen von einer ehemaligen Fehnkolonie bekommen. Eine Fehnkolonie beschreibt sich am besten mit bebautem Land, das von Kanälen durchzogen ist. Diese Kanäle waren in früheren Zeiten Transportwege für Torf. Der Torf wurde Richtung Emden geschippert, und im Gegenzug transportierte man Kohl und anderes Gemüse aus Emden in die Fehnkolonien zurück. Diese Arbeit war für viele „Fehntjer" lange Zeit Brot und Arbeit gewesen. Nach der Industrialisierung und dem Untergang von Torf als Heizmaterial, blieben die Kanäle in vielen Kolonien bestehen, aber eben nicht mehr als Wasserwege, sondern eher aus Tradition und für die Freizeitschiffer. Die Gemeinde Ostrhauderfehn verfügt ebenfalls über mehrere erhaltene Fehnkanäle. Am Untenende, einer Querstraße zur B 438, läuft ebenfalls ein stattlicher Kanal, der am Ende in eine noch intakte Schleuse fließt und von da aus weiter in den Hauptfehnkanal. Idyllisch, kurz vor der Schleuse, steht ein sogenanntes „Melkhuske". Dort kann man wunderbar Tee, Kaffee, selbstgebackenen Kuchen und auch einige andere Leckereien erwerben und verzehren. Dazu stehen rund um das Melkhuske Tische, Stühle und Spielgeräte für die Kinder. Gunda Weers, eine junge engagierte Frau und die Tochter des anliegenden Bauernhofs, betreibt dieses Melkhuske nun in zweiter Generation. Ihre freundliche und fröhliche Art sowie auch die ihrer Mutter, ist weit bekannt, und so füllt sich das Melkhuske von Mai bis Oktober von mittwochs bis samstags stets mit Publikum.

Lana Booken war sehr oft hier, zudem befreundet mit Gunda und kannte eben diese liebevolle Perle in Ostrhauderfehn. Lana hatte mit Gunda telefoniert, das Melkhuske öffnete normalerweise erst mittags. Dann wäre wertvolle Zeit verstrichen, aber Gunda hatte sofort zugesagt, als Lana sie bat, eine Ausnahme zu machen und für ihre Kollegen und sie morgens inoffiziell zu öffnen. Neben dem Melkhuske steht eine

Blockhütte für Veranstaltungen von kleinen Gruppen. Gunda hat des öfteren Gesellschaften, und so bietet sich dies als ideale Räumlichkeit für Gruppen an.

Heute würde das Melkhuske ganz früh und auch ein bissel geheim öffnen. Lana hatte Gunda gebeten mit keinem darüber zu reden. Sie wollte weder Zeugen noch Mithörer bei diesem Treffen. „He Gunda, danke nochmals für Deine Unterstützung. Ich weiß das zu schätzen, die anderen müssten gleich kommen", lächelte Lana ihr beim Eintreffen zu. „Alles gut", entgegnete Gunda, "ich freue mich zu unterstützen." Lana und Gunda gingen zur Blockhütte, innen war alles muckelig warm, und ein Tisch für fünf Personen war bereits mit Teetassen eingedeckt. „Ich hole mal den Kuchen, Lana", lächelte Gunda und ging zum Haupthaus des Anwesens. „Ja ist gut, ich warte hier auf meine Kollegen", erwiderte Lana und lächelte zurück. Nach zehn Minuten waren dann alle eingetroffen, die beiden Kollegen aus Leer, Peter Jensen und Ilka Pommer, sowie die Auricher Kollegen Okko Bruns und Lennert Jakobs. Nachdem Gunda das Kollegium mit Tee und Ostfriesentorte versorgt hatte, ergriff Lana das Wort: „Bitte hört mir nun genau zu", beschwor Lana ihre Kollegen, „lasst mich eben ausreden und dann lasst uns beschließen, wie wir weiter vorgehen." Okko schlürfte begeistert den leckeren Ostfriesentee mit „Wulkje" (Teeblume aus Sahne), und die anderen machten sich zuerst über die Ostfriesentorte her. „Ich habe mir den Dr. Manninga mal genau angeschaut", fuhr Lana fort. „Ich fand es befremdlich, dass bei einer solchen Gefahrenlage nicht anderes Geschütz aufgefahren wird. Jede andere terroristische Bedrohung fällt sofort in die Zuständigkeit der Bundesbehörden und es werden Sonderer-mittler eingesetzt, die die Leitung übernehmen. Da hat die örtliche Polizei nichts mehr zu mel-den." Lana sprach weiter: „Das Auftreten des Herrn Dr. Manninga ist mir echt suspekt, ich glaube nicht, dass er das alles überhaupt an irgendeine Stelle weitergegeben hat. Und ich glaube auch nicht, dass er ein ehrliches Spiel mit uns spielt. In den Medien taucht er immer mal wieder als ‚harter Hund' auf. Er wird oft hoch gelobt, von oberer Stelle sogar, aber er scheint ein Einzelgänger zu sein. Und er scheint zu spielen, es gibt Gerüchte über ihn, ich habe mit einigen Kollegen aus meiner Studienzeit ge-sprochen. Es ist nichts bestätigt, aber es wird hinter der Hand geredet." „Was willst Du uns damit denn nun sagen?", grunzte Okko zwischen Happen Kuchen und Tee. „Wir müssen Hannover an ihm vorbei informieren und notfalls auch den Bund", erwiderte Lana knallhart. „Wie bitte?" Okko verschluckte sich am Kuchen. „Du kannst doch nicht einfach an einem dienstlich Dir vorgesetzten Einsatzleiter vorbei-gehen und ihn quasi anscheißen. Lana, bist Du verrückt geworden?" Okko hustete nun ersichtlich mehr. „Wir haben nicht mal mehr 12 Stunden Zeit Okko, dann steht Ostfriesland unter Wasser. Wir wissen nicht, was der feine Herr da mit der Straaten als Vermittlerin verhandelt, wir sind bei allem völlig raus. Wir werden nicht infor-miert, wir ermitteln nicht, wir stehen nur da und warten, was der feine Herr uns in den Fressnapf legt", antwortete Lana aufgeregt. „Moment", Peter Jensen aus Leer warf ein: „Lana hat nicht unrecht Okko, irgendwas stimmt da nicht. Der Emstunnel ist seit fast zwei Tagen gesperrt, wegen angeblicher Bauarbeiten. Manninga hält alle Fäden alleine in der Hand, ich gebe Lana recht. Da stimmt was nicht. Wir sollten handeln und in Hannover nachfragen, in wieweit die Lage dort bekannt ist." Ilka Pommer ergänzte: „In Filsum wurde gestern nacht ein Geldtransporter überfallen, es war der größte Transport von Bar-geld, der die letzten Jahre von einem zum ande-ren Ort über deutsche Straßen befördert wurde.

Zwei Menschen starben durch eine Explosion im Führerhaus. Von den Tätern haben wir bis dato absolut keine Spuren entdecken können. Die grausame Art des Überfalls und die Kaltblütigkeit deuten auch hier auf Breedenbeek hin. Und, es wussten nur eine Handvoll Köpfe von diesem Transport. Die Landespolizei Hannover war aber eingeweiht. Was meint ihr, wer die Route und die ganze Aktion mit geplant hat?" Pommer sah die anderen fragend an. „Sag nun nicht, Dr. Manninga", warf Okko Bruns ein. „Genau der, der Dr. Manninga, genau der hat die Fahrpläne und den Ablauf vorbereitet", antwortete ihm Ilka. „Aber Breedenbeek und Dr. Manninga kennen sich doch gar nicht, wie soll das denn zusammenpassen?", fragte Lennert. „Das weiß ich auch nicht, muss ja auch nicht, nur ist es ein wenig merkwürdig, die Arbeitsweise von Dr. Manninga und die Zufälle drumrum", erwiderte Ilka. Lana und Lennert stimmten Ilka und Peter in ihren Ausführungen nickend zu. Okko glotzte alle an. Dann schüttelte er mit dem Kopf. „Okay, Vorschläge?", sah er die anderen fragend an. „Ja, ich fahre nach Hannover Okko, von hier aus", erwiderte Lana, „ich frage dort vor Ort nach, kein Telefon und nicht vom Büro aus. Sobald ich etwas weiß, melde ich mich bei euch." Alle einigten sich auf die Vorgehensweise. Lana bedankte sich bei Gunda, und Okko bekam noch zwei Stück Torte mit ins Büro. Die letzte Tasse Tee trank er im Stehen und bedankte sich ebenfalls. Jakobs, Pommer und Jensen folgten Okko zu den Fahrzeugen. Sie beschlossen auf Telefon und E-Mail zu verzichten und wollten dann gemeinsam, spätestens am Nachmittag, mit Dr. Manninga reden, wie er die Sache nun zu Ende bringen wollte.

Zeit ist der größte Feind des Guten

Action Dr. Manninga
Dr. Manninga saß in seinem „Bunker" und telefonierte mit irgendwelchen Bundesbehörden. So hörte sich das jedenfalls an. Hilli Straaten hatte noch einmal versucht mit Torre Breedenbeek zu verhandeln aber ohne Erfolg. „Frau Straaten, die Verhandlungen sind klar gescheitert, wir haben alles im Friedlichen versucht, die Zeit rennt uns weg. Wir werden nichts mehr anbieten, nichts mehr abwarten, wir werden nun handeln", stellte Dr. Manninga in den Raum. Er riss die Tür auf und rief: „Bruns, Jakobs, Booken, wo sind Sie? In fünf Minuten hier ins Büro, Time vor Action!" Bruns saß wieder am Schreibtisch und hatte gerade noch ein Stück Kuchen vom Melkhuske zwischen den Zähnen. Gut, dass das Treffen vor

der Dienstzeit gewesen war. Dr. Manninga hatte nichts mitbekommen. Hilli Straaten verließ das Dienstgebäude, wie ein geschlagener Hund. Ihr war nun auf einmal klar, dass auch das Thema mit der fünf Prozent Hürde nun wohl Geschichte war. Sie musste Torre unbedingt erreichen, ihn warnen und ihre Wahlstrategie neu überdenken. Aber dazu brauchte sie Torre. Und überhaupt. War der erhoffte Geldsegen eingegangen, den Torre ihr versprochen hatte um die Partei in den Landtag zu bringen? Fragen über Fragen. Hilli wählte eine Nummer. Am anderen Ende nahm keiner ab. Sie wählte erneut. Wieder ohne Teilnehmer. Wo war der Blödmann nur abgeblieben. Immer wenn man ihn brauchte, war er nicht da.

Panik
Ilka Pommer hatte sich die Meldung vom Überfall auf den Geldtransporter schon morgens vor dem Treffen beim Melkhuske noch mal angeschaut. Diesen Fall bearbeiteten aber ihre beiden Kollegen. Sie hatte von einer Art Panik der Commerzbank in Hannover gehört. Auch in Emden, wo das Geld hinsollte, hatten die Verantwortlichen Fragezeichen in den Augen. Wer war so dreist zwei Menschen in die Luft zu sprengen, wer hatte es den Tätern überhaupt gesteckt, die ganze Aktion war doch mega

geheim gewesen. Und nun das. Die Täter hatten ein leichtes Spiel gehabt, abseits von Verkehr und neugierigen Augen, und mitten in der Nacht wurde der Transporter quasi in einsamer Weite überrascht und ausgeraubt. Die Ermittlungen liefen auf Hochtouren, aber die Spurensicherung hatte bis dato keine verwertbaren Spuren verifizieren können. Das Telefon klingelte und Ilka nahm den Hörer ab: „Pommer, Ilka Pommer, wie kann ich helfen?" „Krusen, Spurensicherung Oldenburg, wir wollten Ihnen eben mitteilen, dass es eine Verbindung des Überfalls auf den Geldtransporter mit dem Überfall auf das Marinedepot in Weener gibt. Der Sprengstoff, der dort beim Überfall entwendet wurde, ist identisch mit dem Sprengstoff aus Filsum. Wer auch immer den in Weener entwendet hat, der hat ihn in Filsum eingesetzt." Ilka blieb zunächst das Wort im Hals stecken. „Breedenbeek also, das Schwein", rutschte es ihr raus. „Das hab ich dann mal überhört", erwiderte Krusen, „aber ja, es sieht klar so aus." „Okay, vielen Dank für die Info, ich werde die Kollegen in Aurich informieren", bedankte sich Ilka Pommer. Sie informierte sofort ihren Kollegen Peter Jensen, und die beiden machten einen Spaziergang in den Park der Polizeistation von Leer. „Okay Ilka, es sieht so aus, als gäbe es eine Verbindung von Dr. Manninga zu Breedenbeek." „Ja, das denke ich auch, in welcher Form auch immer", antwortete Ilka. „Wir müssen auf Lanas Infos warten, bevor wir weitere Schritte einleiten", erwiderte Peter Jensen. „Ja, ich weiß, wir haben aber nicht mehr lange, die Zeit rennt uns davon", warf Ilka ein. Die beiden Polizisten wussten, was nun zu tun war, Okko Bruns zu warnen und zu informieren.

Es geht los!

Dr. Manninga saß wie gewohnt am Kopfende des Tisches. Lennert Jakobs und Okko Bruns saßen ihm zur linken und zur rechten Seite. Lana war noch nicht wieder aus Hannover zurück. Das wusste Manninga aber nicht, sollte er auch nicht wissen. „So, meine Herren und Da...., oh, Frau Booken nicht im Hause?", schaute Manninga erstaunt auf. „Nein, Herr Dr. Manninga, Frau Booken kommt heute später. Wir müssen noch eben ohne sie auskommen", beantwortete Okko Bruns brav gelogen seine Frage. „Nun denn, egal, wir müssen nun handeln", fuhr Dr. Manninga fort. „Ich habe mit meinen Kollegen aus Hannover und Berlin gestern und heute Nacht recherchiert, und wir haben den Aufenthaltsort von Torre Breedenbeek gefunden." Großes Erstaunen und ein anschließendes Raunen erfüllte den „Bunker" von Dr. Manninga. „Wie jetzt, Sie haben den Standort gefunden, uns nichts gesagt und nun sollen wir alle applaudieren? Das kann doch wohl nicht Ihr Ernst sein, Dr. Manninga!", wütete Bruns zurück. „Am Ende zählt doch das Ergebnis, Herr Bruns, das ist doch das, was wir alle wollen. Kein Blutvergießen, keine Verletzten und vor allen Dingen keine Panik in der Bevölkerung von Ostfriesland", erwiderte Dr. Manninga. Er holte weiter aus: „Stellen Sie sich vor, wir hätten vorgestern die Welt verrückt gemacht, die Medien machen lassen und ein Riesenaufgebot von Landes- und Bundespolizei hier auffahren lassen. Wir hätten Breedenbeek und seine Schergen vergrault, wir hätten eine Eskalation der Dinge nicht aufhalten können und wir würden mindestens in Bingum und Nüttermoor mit nassen Füßen stehen. Wollen Sie das so?", schaute er Bruns und die beiden anderen an. „Nein, das nicht, aber Sie veranstalten seit zwei Tagen eine ‚One Man Show', Herr Dr. Manninga, das sind wir nicht gewohnt", warf Jakobs ein. „Wie gesagt, am Ende zählt die Festnahme der ganzen Verrückten und die Entschärfung der Sprengsätze am Emstunnel. Und nichts anderes. Der Weg dahin ist erst mal wichtig, und den habe ich beschrieben und durchgeplant", fauchte Dr. Manninga zurück. „Okay, Herr Dr. Manninga, wie gehen wir denn nun weiter vor? Uns bleiben nur noch wenige Stunden bis heute Abend. Was gedenken Sie zu unternehmen?", fragte Bruns plump zurück. Manninga legte eine Folie auf. „Torre Breedenbeek ist in Stickhausen in der alten Burganlage. Das Hauptwohnhaus ist unbewohnt und wurde noch nicht renoviert oder ausgeräumt. Der Wehrturm wird seit 2021 vom Burgverein wieder renoviert. Breedenbeek hat dort cirka zwanzig Personen um sich gescharrt, bewaffnet bis an die Zehenspitzen. Dazu kommen, im schlechtesten Fall, die beiden Männer beim Friesischen Rundfunk, die dort noch immer eine Geisel festhalten. Weitere zehn Personen könnten noch dazugerechnet werden, wenn man den Daten meiner Kollegen aus Berlin glauben darf. Und das darf man." Er redete weiter: „Wir werden die Burganlage von allen Seiten besetzen. Wir kommen über den Wall, von der Vorderseite und von Richtung B 72 über die Ländereien. Parallel werden wir die Geisel in Friedeburg befreien, allerdings mit einem kleinen Vorsprung zu Stickhausen. Nach erfolgter Festnahme wird das gesamte Gebiet nach weiteren Anhängern durchforstet." „Guter Plan, Herr Dr. Manninga, und dann lassen wir mal eben den Emstunnel hochgehen und ersäufen mal eben die Umgebung mit schönem Emswasser. Ich freu mich nun schon auf die Schlagzeilen:

POLIZEI LÄSST OSTFRIESLAND ABSAUFEN

Nee, das Ding trage ich nicht mit, Scheiße Mann, das machen Sie alleine, Herr Doktor!", wütete Bruns und schlug mit der Faust auf den Tisch. Lennert stimmte ihm zu und wollte gerade etwas sagen, als die Tür aufging und die beiden Leeraner Polizisten eintraten.

Hannover
Lana kam super durch. Sie war nach zwei Stunden Flugmodus mit einem Dienstwagen in Hannover angekommen. Bei der Ankunft im Landeskriminalamt musste sie erst mal suchen, wo sie hin musste, um etwas über Dr. Manninga zu erfahren. Nach einigen gedrückten Türen kam sie endlich bei Dr. Harald Klein, dem Vorgesetzten von Dr. Manninga, an. „Moin, Herr Dr. Klein. Entschuldigung, dass ich hier so reinplatze, mein Name ist Kommissarin Lana Booken von der Kriminalpolizei Aurich. Wir haben eine Notlage in Ostfriesland und ich benötige ein paar Auskünfte zu Herrn Dr. Manninga." „Setzen Sie sich bitte, Frau Booken,

ich hoffe Ihnen helfen zu können", antwortete Dr. Klein sehr freundlich und lächelte Lana an. Nachdem Lana ihm die aktuelle Lage erläutert hatte, saß Dr. Klein ohne Worte mit einem erstaunten Gesicht einfach nur da. „Hab ich was Falsches gesagt, Herr Dr. Klein?", fragte Lana nach. „Nein, absolut nicht, Frau Booken, ich weiß nur nicht, was ich dazu sagen soll", erwiderte Dr. Klein leise. „Wir haben Dr. Manninga nach Ostfriesland geschickt, weil er uns darum gebeten hatte. Er wollte in einem ungeklärten Fall um einen Serienmörder ermitteln. Das ist mein letzter Stand, Frau Booken", ergänzte er. „Sie wissen also nichts von den Sprengsätzen am Emstunnel in Leer und von der Besetzung des Friesischen Rundfunks mit Geiselnahme in Friedeburg?", gab Lana erstaunt zurück. „Nein, Dr. Manninga hat immer mal wieder angerufen und das eine oder andere geklärt, aber von einer Bedrohung bei Ihnen wissen wir nichts", antwortete Dr. Klein wieder etwas leise. „Dann stimmt etwas mit dem Manninga nicht", stellte Lana fest, und Dr. Klein nickte zustimmend. Er griff nach dem Telefon und wählte die Nummer von Dr. Manninga. Am anderen Ende nahm aber keiner ab. Die Mailbox war das Einzige, was er erreichte: „Hier Dr. Klein, melden Sie sich sofort zurück, sind Sie wahnsinnig geworden?", brüllte

Dr. Klein auf die Mailbox. Binnen fünf Minuten telefonierte er mit weiteren verschiedenen Teilnehmern, und sein Kopf wurde zunehmens dunkler, er lief an, wie ein Puter. Lana beobachtete das Schauspiel und musste irgendwie innerlich auch noch lachen... leider war die Situation nicht zum Lachen. „Ich denke, ich fahre sofort nach Aurich zurück, Herr Dr. Klein, ich muss meine Kollegen warnen. Und ich teile Ihnen hier schon mal mit, dass wir Dr. Manninga festsetzen werden. Da stimmt vorne und hinten was nicht", verabschiedete Lana sich in Windeseile. „Wir schicken Unterstützung, Frau Booken, SEK und weitere Kollegen, sobald Sie in Aurich sind", versprach Dr. Klein noch, aber Lana war schon auf dem Weg zum Auto. Auf dem Rückweg geriet sie auf der A27 in einen Stau.

Burg Stickhausen
Torre Breedenbeek saß immer noch auf seinem Sofa und dachte nach. Irgendwie kam ihm das Ganze nun doch ein bissel komisch vor. Die anderen Männer frühstückten gerade lauthals, und Torre hatte so gar keinen Appetit. Ihm ging der „Große Unbekannte" nicht aus dem Kopf. Der, der ihm geholfen aber sich das auch gut bezahlen lassen hatte. Welchen Pfand hatte Breedenbeek noch in der Hand, nun, wo alles

erledigt war. Die Verhandlungen waren gescheitert, die Sprengsätze würden heute abend für eine ostfriesische Katastrophe sorgen. Aber erreicht, was hatte er nun damit erreicht? Im Grunde nichts. Okay, die vier Millionen waren natürlich noch da. „Was ist los mit Dir?", fragte einer seiner Männer, „Du siehst so nachdenklich aus." „Alles gut", erwiderte Breedenbeek, „ich denke nur nach. Wir müssen vielleicht noch mal vor heute Abend handeln. Ich werde das Gefühl nicht los, dass wir verarscht werden." „Egal was kommt, wir stehen zu Dir, Torre", erwiderte sein Gegenüber, „wir bleiben bis zur letzten Patrone an Deiner Seite."

Torre nahm das alte Nokia Handy und wählte eine Nummer. „Kein Anschluss unter dieser Nummer", erklang es aus dem Lautsprecher. „Fuck, oh Mann, fuck, da hat uns jemand gehörig verarscht, ich dreh hier gleich ab!", wütete er um sich zu. Dann nahm er eins seiner anderen Handys und wählte eine Nummer. „Abbruch, sofort, lasst die Geisel frei und kommt direkt zur Burg", spuckte er in das Handy und legte auf. „Warum geben wir den Sender auf, Torre, was soll das?", fragte einer seiner Männer nun. „Weil es uns dort nichts mehr nützt und die Geisel eben auch nicht", erwiderte Breedenbeek knapp. Er stieß noch ein paarmal mit den Füßen auf den Boden und sagte: „Ich geh jetzt scheißen, das schlägt mir auf den Magen."

Wo ist Dr. Manninga?
Wahnsinnige erbeuteten sechzig Millionen Euro bei einem Überfall auf einen Geldtransporter aus Hannover.
Diese Meldung stand im Online Newsticker einer überregionalen Zeitung. Okko Bruns schlürfte an seinem Tee, als Ilka Pommer und Peter Jensen in das Büro stürmten. Sie schauten auf Dr. Manninga und sahen ihn gerade mit seinen Ausführungen an der Folie beschäftigt. „Wir würden gerne teilnehmen", entschuldigte sich Jensen bei Dr. Manninga. „Kein Problem, setzen Sie sich, ich hätte die Kollegen in Leer sowieso gleich um Unterstützung gebeten. Wir benötigen das SEK und eine Hundertschaft aus Oldenburg, sowie alle verfügbaren Kräfte aus Leer, Emden und Aurich. Es ist genug Arbeit für alle da", lächelte Dr. Manninga in die Runde. Nachdem er die Sachlage und die Vorgehensweise noch mal erläutert hatte, schauten sich die Kollegen aus Leer und Aurich fragend an. Das Handy von Dr. Manninga klingelte. Er schaute auf das Display und steckte es wieder in seine Jackentasche. „So, meine Damen und Herren, ich muss mal eben für kleine Mädchen und mir

etwas zu essen holen. Bin gleich wieder bei Ihnen", lächelte Manninga noch mal sehr freundlich in die Runde. Er schloss seinen Laptop, nahm die Jacke und verschwand aus dem, von ihm in den letzten Tagen besetzten „Bunker", so wie er ihn gerne nannte. „Bis gleich", griente er die Kollegen an und schwubs war er weg.

Bruns schenkte sich einen Tee ein und grunzte vor sich hin. Die anderen Kollegen schauten noch einmal zur Tür. Aber da war niemand mehr. „Herr Bruns, wir haben brandneue News, leider sehr tragische", begann Ilka Pommer die Ausführungen. „Auf dem Parkplatz an der B72 in Filsum wurde ein Geldtransporter überfallen. Das ganze Führerhaus wurde zerfetzt und der verwendete Sprengstoff kommt aus Weener", plapperte Pommer in schnellen Sätzen. Und weiter: „Es war der größte Geldtransport auf Rädern, der die letzten Jahre über deutsche Straßen geführt wurde. Die Planung der Sicherheit wurde vom Landeskriminalamt Hannover gesteuert, der Verantwortliche für die Strecke und die Sicherheit des Transports ist Dr. Manninga", fügte sie hinzu. Okko Bruns haute mehrmals mit der Faust auf den Tisch, er spütterte und stotterte diverse Flüche in den Raum. „Welche Scheiße, oh Mann, welche Scheiße", spütterte er weiter und haute den silbernen Teepott vom Stövchen. Der heiße Tee floss über den Tisch und die Kollegen zuckten alle zurück. Ilka Pommer erwischte der heiße Tee am Ärmel und sie verzog schmerzhaft das Gesicht. „Bringt mir diesen Dr. Manninga hier sofort her, von mir aus in Handschellen, ich will dem ins Gesicht kotzen. Scheiße Mann, dieses Arschloch von arrogantem Fatske", Bruns stand kurz vor einem Zusammenbruch. „Nun beruhige Dich erst mal Okko, ganz ruhig. Noch ist nichts verloren." Jensen und Pommer sprangen auf und rannten auf den Flur. Dr. Manninga war nicht mehr zu sehen. Sie rannten nach draußen und schauten auf den Parkplatz seines Dienstwagens, der Platz war leer. Dr. Manninga schien das Weite gesucht zu haben.

Burg Stickhausen
Torre saß gepflegte zwanzig Minuten auf dem Pott. Die vier Männer schauten sich abwechselnd fragend an. Irgendetwas beunruhigte Breedenbeek. Er war nicht so selbstbewusst wie in der gesamten Planungs- und Aktionsphase davor. Er wirkte nervös, und das übertrug sich auf die Männer. Torre kam ins Wohnzimmer gestoben und setzte sich an den Tisch. Er nahm wieder das alte Nokia Handy und wählte die Nummer erneut. Wieder kein Anschluss und

wieder nur 'ne Mailbox. Er stieß einen leichten Fluch aus und öffnete den PC. Unter Google suchte er nach News und da stand die Schlagzeile. Die eine Schlagzeile, die selbst Torre Breedenbeek stumm werden ließ:

Grausamer Überfall auf Geldtransport mit zwei Toten. Wahnsinnige erbeuteten sechzig Millionen Euro bei einem Überfall auf Geldtransporter aus Hannover.

Breedenbeek stieß abermals einen lauten Fluch aus. „Dieses Schwein hat uns gelinkt, diese alte Drecksau!", hörten die anderen Männer ihn aufschreien. „Wieso, was ist denn los, Torre?", fragte einer der Männer hastig nach, „was ist denn passiert?" „Passiert ist gar nichts", fauchte Torre zurück. „Diese Sau hat uns gelinkt. Es waren sechzig und nicht zehn Millionen Euro im Transporter. Nun weiß ich auch, warum die Sau genau die letzten sechs Kisten haben wollte. Er sagte, er könne die Scheine besser an den Mann bringen, sie wären registriert. Die anderen Kisten sollten Einnahmen aus dem Ernst August Center in Hannover sein, die Scheine wären unauffälliger. Ich Trottel hab dem geglaubt. Und er hat nun sechsundfünfzig Millionen Euro für sich eingeholt. Leichtes Geld, muss ich sagen und genial gemacht." „Was, bitte, das darf doch nicht wahr sein!", schrie Theo ins Wohnzimmer, „lass uns die Sau suchen und kaltmachen, Torre." „Wie denn das bitte, Theo? Ich hab den noch nie gesehen", erwiderte Breedenbeek. „Es ist nur so, wenn er uns mit dem Zaster gelinkt hat, hat er uns auch mit allem anderen gelinkt", gab Torre obendrauf. „Wir müssen sofort alle Männer hier an der Burg zusammenrufen, alle hierher, wahrscheinlich sind uns die Bullen schon auf den Fersen", fügte er noch an. Dann nahm er eines seiner drei Handys und wählte wieder eine Nummer. „Rückzug zum Treff-punkt!", gab er einen Befehl und legte sofort wieder auf. „Passt auf, wir warten, bis alle hier sind und dann machen wir Ernst. Lassen wir den Tunnel hochgehen, zu verlieren haben wir nun eh nichts mehr", ermahnte er seine Männer. „Okay, Torre, wir stehen hinter Dir, bis zur letzten Patrone, Eala Frya Fresena!", erwiderte Theo und die anderen drei nickten zustimmend.

Friedeburg

Tammenburg saß immer noch in der Ecke des Studios beim Friesischen Rundfunk, seine Angst hielt sich nun in Grenzen. Die beiden Maskierten hatten einen klaren Befehl per Handy bekommen. Seitdem waren sie etwas nervös aber eben auch freundlicher zu ihm.

Warum auch immer. Was ihm aber aus den Funkgesprächen mit den anderen Männern um den Sender herum klar wurde, war die Tatsache, dass es bald einen Abzug geben sollte. Er glaubte nicht an eine Gewalttat ihm gegenüber, die Maskierten hatten zu keiner Zeit die Masken abgesetzt. „So mein Freund, wir schicken Dich nun in die Träume und heute abend bist Du dann wieder wach", lachte einer der Männer Tammenburg durch die Strumpfmaske an. „Wie, was soll das, ich habe doch alles gemacht, was ihr wolltet, warum nun betäuben?", fragte Tammenburg ängstlich. „Wer sagt denn, dass wir Dich betäuben", schaute der Maskierte ihn an und zog ihm mit der Pistole eins über die Rübe. Tammenburg brach in sich zusammen und lag nun bewusstlos auf dem Boden. Sie brachten ihn in den Garten und legten ihn hinter einen Baumstumpf. Die Männer banden ihm Arme und Beine zusammen und verschwanden wieder im Sender. Sie positionierten zwei Sprengsätze im Studio und verließen es durch eine Seitentür in den Garten. Sie wussten genau, dass Polizei rund um den Sender auf sie wartete. Sie wussten auch, dass ihre Kameraden schon durch einen gut ausgeklügelten Plan entkommen waren. Torre hatte Wochen vorher Einsatzuniformen für sie besorgt. Als der Anruf gekommen war sich zurückzuziehen, konnten sie mit der Verkleidung direkt durch die Polizeisperren entkommen. Sie hatten Uniformen mit Einsatzcodes aus Dortmund an und gaben sich als hinzugezogene Einheit aus. Das hatte man ihnen geglaubt. Genialer Schachzug von Breedenbeek. In dem ganzen Gewimmel war das überhaupt nicht aufgefallen. Anders diese beiden Männer aus dem Sender, sie mussten im Augenblick der Sprengung fliehen. Einer der beiden nahm einen Zünder und drückte auf einen Kipphebel. In diesem Moment donnerte eine Feuerfontäne, begleitet von einem ohrenbetäubenden Knall, aus den Fenstern des Studios. Die aufgeschreckten Beamten rund um das Studio wurden sofort angewiesen zu stürmen und zu sichern. Sie kamen von allen Seiten aus den Straßen. Bei der zweiten Detonation, fünf Minuten später, befanden sich schon vier Einsatzkräfte im Gebäude. Sie hauchten in diesem Moment ihre letzten Züge aus. Das war der Moment der Flucht. Die beiden Männer erreichten teils geduckt, teils rennend, einen nahestehenden Bauernhof. Im Vorgarten stand ein alter Opel Kadett, der noch angemeldet war. Einer der Männer brach die Tür auf, rupfte die Zündkabel unterhalb des Lenkrads aus der Verkleidung und schloss den Wagen kurz. Nur wenige Minuten später waren sie auf dem Weg nach Stickhausen.

Land unter?

Teamwork

Bruns saß nun auf Dr. Manningas Stuhl und hatte alle Hände voll zu tun. Dr. Manninga war nach wie vor nicht auffindbar, er ging nicht ans Telefon und auch sonst hatte er sich nirgendwo gemeldet. Okko schlürfte gerade mal wieder Tee, die anderen telefonierten mit diversen Behörden und anderen Polizeidienststellen, als Lana den Raum betrat. „Sorry, ich bin sehr spät, aber ich war im Stau, Okko, und wir wollten ja nicht telefonieren", sagte Lana voll aus der Puste. „Setz Dich Lana, wir haben viele Neuigkeiten, aber halt Dich gut fest", grinste Okko sie an. Lana sprudelte aber los: „Dr. Manninga hat überhaupt keine Unterstützung in Hannover oder Berlin erbeten. Das, was hier gerade passiert, weiß außer uns keiner, darum war hier auch alles so ruhig. Wir sind ihm voll auf den Leim gegangen! Ich weiß nicht, was er bezwecken wollte, ich weiß nicht, was ich glauben soll, aber er hat sein eigenes Ding gemacht." „Beruhige Dich Lana, wir sind im Bild und Dr. Manninga ist nicht auffindbar. Ab nun legen wir die Karten neu. Wir bekommen Unterstützung von Spezialisten und verschiedenen Teams, die bis zur Stunde Null heute abend die Lage in den Griff bekommen sollten. Die größte Gefahr ist die angedrohte Sprengung des Emstunnels, die gilt es zu stoppen", erwiderte Bruns mit ruhigen Worten. „Aber wir wissen doch nicht genau, ob es stimmt, dass Breedenbeek und seine Schergen in Stickhausen sind. Wenn es um die Glaubwürdigkeit dieses Dr. Manninga geht, passt das nicht. Oder Okko?", warf Lennert Jakobs ein, der gerade dazu gekommen war. „Noch nicht", gab Okko zu, „noch nicht, aber er könnte ausnahmsweise mal die Wahrheit gesagt haben", bestätigte Okko ihm. „Wir haben gerade über Hannover ein Team bekommen, das den aktuellen Aufenthaltsort von Breedenbeek bestätigen soll. Sie arbeiten mit Handydaten und Satellitenaufnahmen und versuchen ein Bewegungsprofil, nach dem was wir wissen, zusammenzutragen", ergänzte Okko. „Wie viel Zeit haben wir noch bis zur Sprengung?", fragte Ilka Pommer, die ebenfalls wieder in den Besprechungsraum kam. „Es sind nun noch zehn Stunden, nicht viel aber noch machbar", bestätigte Okko die Zeit bis zu der angekündigten Sprengung.

„Könnte er eine große Anzahl von Männern an der Burg verstecken, ohne dass sie auffallen oder verteilt er sie im ganzen Ort?" Lana sah die Wand an und starrte auf ein Foto der ostfriesischen Landschaft. Eine Antwort bekam sie aber nicht von dem Bild.

Okko Bruns hatte die eingegangene E-Mail zunächst nicht bemerkt. Er goss sich mittlerweile die achte Tasse Tee ein. Lana und Lennert telefonierten. Ilka und Peter suchten im Netz nach möglichen Hinweisen auf Dr. Manninga. „Wartet mal", hustete Okko in den Raum, „ich habe gerade eine Mail von Manninga bekommen." Okko öffnete die Mail und griente die anderen an. „Was steht drin?", fragte Lana aufgeregt. „Dass Breedenbeek definitiv in der Burg Stickhausen ist", antwortete Bruns jubelnd. „Das hat Manninga uns doch schon gesagt, nur haben wir ihm nicht so richtig geglaubt, nachdem er die Flucht ergriffen hat", rief Lennert gelangweilt in den Raum. „Egal, dann nichts wie hin", erwiderte Lana, „wir müssen sofort handeln." „Nicht so schnell", winkte Okko ab. „Wir müssen erst mal die Richtigkeit überprüfen. Ich gebe das nun direkt an die Abteilung aus Hannover und den Kollegen aus Berlin weiter, sie sind ja schon hier eingetroffen, dann werden wir sehen." Bruns tätigte ein paar Telefonate, rannte in verschiedene Räume im Gebäude und kam nach cirka zehn Minuten wieder herein. „Es sieht so aus, als wäre das ein Treffer", rief er in den Raum. „Unsere Kollegen haben an der Burg dort mehrere Bewegungen über die Satelliten-aufnahmen feststellen können." „In dem Gebäu-de neben dem Turm, da könnte er sein", ergänzte er noch. „Wenn wir nun vorsichtig han-deln und umsichtig vorgehen, haben wir eine gute Chance, dem Schwein endlich das Hand-werk zu legen", fügte Okko hinzu. Die anderen nickten, und ein erfahrenes und wieder motivier-tes Team begann nun zu planen.

Burg Stickhausen

Torre lief im alten Wohngebäude neben der Burg auf und ab. Er wirkte hektisch und faselte vor sich hin. Seine Männer waren mittlerweile alle eingetroffen. Die vom Sender in Friedeburg, die aus dem Überfall auf den Geldtransporter und die, die er zusätzlich rekrutiert hatte. Jörg Straaten und Arnold waren ebenfalls einge-troffen. Torre zählte so gute dreißig „Krieger", die ihn umgaben. Auch Hilli Straaten war zur Burg gefahren. Durch ihre Verbindung mit Breedenbeek und die gescheiterte, fingierte Vermittlungstätigkeit bei Dr. Manninga, war sie nicht mehr sicher, unbehelligt aus dieser

Geschichte herauszukommen. Das Bekannt-
werden der Verbandelung mit Breedenbeek
wäre nur eine Frage der Zeit. Außerdem wollte
sie bei Jörg, ihrem Mann sein, falls der
Emstunnel „gelüftet" würde.
Torre setzte sich auf sein Sofa. „Hört zu,
Männer, es wird ernst", begann er seine Anspra-
che. „In cirka acht Stunden werden wir den Emstunnel sprengen müssen. Die ganzen Verhand-
lungen mit diesem Typen waren eine fingierte
Aktion, es sieht so aus, als wollte er die Polizeikräfte in Ostfriesland bündeln um sein eigenes
Süppchen zu kochen. Sie möglichst gut von dem
Geldtransport ablenken, damit er in Ruhe seine
Millionen kassieren konnte", fügte Torre hinzu.
„Ihm ging es von Anfang an nicht um ein freies
Ostfriesland, ich bin ihm auf den Leim gegangen. Und in dem Moment, als ich etwas ahnte,
war es zu spät, er wusste zu viel von uns", gab
Torre weiter zu. „Die Schuld liegt also bei mir,
somit stelle ich euch frei zu gehen oder das Ding
mit mir bis zum Ende zu führen. Das bedeutet
aber, dass wir in Lebensgefahr sind und es
blutig werden könnte", mahnte Torre an. „Wieso
verhandeln wir nicht neu, Torre, nun aber mit
denen, die nun die Hebel setzen können?",
fragte Straaten nach. „Ganz einfach, weil der
ganze Plan auf diesem unbekannten Mistkerl

aufgebaut war. Er wollte mit seinem angeblichen Einfluss Türen in Hannover öffnen, für uns und die Partei", antwortete Torre. „Es wird nun keiner mehr Zugeständnisse machen, nun geht es um's nackte Überleben und um einen würdevollen Abgang von dieser Welt", ergänzte er. „Wir gehen den Weg mit, Torre, die Sprengung wird in ganz Deutschland zu sehen sein und für Diskussionen sorgen. Es werden Fragen aufkommen, warum eine Gruppe Friesen das macht. Ostfriesland wird monatelang in den Schlagzeilen sein, das ist unser Vermächtnis. Vielleicht ändern wir damit etwas an der Situation", warf Jörg in den Raum. Die Männer in ihren Uniformen mit dem Abzeichen der Facebook-Gruppe „Wi sünd Oostfreesen un dat mit Stolt" auf dem Ärmel, stimmten laut zu: „Eala Frya Fresena!", riefen sie einstimmig und: „Lever dood as Slaav!" Torre bekam das erste Mal nach ganz langer Zeit Tränen in den Augen und legte nun den Ablaufplan vor.

Am Emstunnel
Nachdem die Einsatzkräfte von den Bundes- und Landesbehörden endlich Bescheid wussten, gab es einen Riesenaufmarsch am Emstunnel. Sendestationen von diversen TV Sendern hatten in sicherer Entfernung Position

bezogen, um fortlaufend zu berichten. Der Emstunnel selbst war umgeben von Sicherheitskräften und die Sprengstoffkommandos durchkämmten das gesamte Areal. Die Hundestaffel aus Aurich war mit Sprengstoffspürhunden vor Ort, und die Tiere schlugen in Abständen von circa hundert Metern immer wieder lauthals an. Die Sprengsätze waren gut positioniert, und in der Zentrale wurde eine mögliche Detonation und ihre Folgen berechnet. Dabei kam heraus, dass, wenn alle Sprengungen erfolgen, der Tunnel mittig zusammenbricht und riesige Wassermassen aus der Ems hereinstürzen. Da der Tunnel eben tiefer lag, würden die Sprengungen einer mittleren Katastrophe in Ostfriesland gleichkommen. Mit Hochdruck wurde nach Lösungen gesucht, um diese Sprengsätze zu entschärfen. Leider bis dato ohne Erfolg. Zu ausgeklügelt war das Zündsystem mit einem Sender verbunden, und jeder Versuch einer Entschärfung würde in Stickhausen registriert. Verzweiflung stand in den Augen der Sprengstoffexperten, und man hatte mittlerweile sogar ein erneutes, wiederholtes, diesmal auch offizielles Verhandlungsangebot für Breedenbeek in Erwägung gezogen: Den Wegfall der fünf Prozent Klausel für Parteien im Landtag. Hannover hatte Bereitwilligkeit signalisiert, für die nächsten Landtagswahlen einer einmaligen Aussetzung zuzustimmen, wenn das die letzte Möglichkeit wäre, diese Notlage abzuwenden. Die Einsatzleiter der verschiedenen Polizeistaffeln bildeten einen „Aktions-Tisch" und berieten über die verschiedenen Möglichkeiten und Szenarien nach einer Sprengung, oder sie konstruierten Möglichkeiten einer Entschärfung der Sprengsätze. Dabei tendierten die klügsten Köpfe unter ihnen zu einem Cut der Zünderleitung. Sie wussten, die Zünder konnten vermutlich nur per Internetverbindung ausgelöst werden, wobei das Wort „vermutlich" leider einen hohen Stellenwert hatte. Jeder Winkel des gesamten Emstunnels wurde durchkämmt um nach Schwachstellen zu suchen. Aktuell war noch kein Land in Sicht.

Burg Stickhausen

„Wir benötigen einen guten Schutzwall rund um die Burg, Torre", beschwor Straaten eindringlich. „Ja, ich weiß, wir werden mit alten Beständen Sprengstoff aus meiner eisernen Reserve einen Gürtel am Wall entlang legen, die Männer rund um die Burg postieren und dann abwarten, bis die Bullen kommen. Dann werden wir ein letztes Angebot zum unbeschadeten Abzug unserer Mannschaft verkünden, wenn das nicht wirkt, wird auch hier gesprengt", antwortete Torre nun wieder etwas ruhiger. Er wirkte gefasster und konzentrierter. „Jan, sind die Sprengungen gelegt?", fragte er nach seiner Ansage ohne Luft zu holen. „Ja, Torre, es ist alles vorbereitet, die Männer beziehen Position und die Burg ist fest in Verteidigungsstellung", antwortete Jan Meinen kurz und knapp zurück.

Jan Meinen war mit seinen zwanzig Jahren einer der jüngsten Kämpfer unter Torres Kommando. Er war durch die Facebook-Gruppe „Wi sünd Oostfreesen un dat mit Stolt" und da über Jörg Straaten, in die Truppe gekommen. Jan war gefolgstreu, hatte friesische Ideale und setzte sich mit ganzer Kraft für Torres Ziele ein. Er war auch derjenige gewesen, der als erster bedingungslosen Eid geschworen hatte. Insgeheim träumte er von einem vereinigten Friesland mit einem eigenen Regierungsbezirk und einer legitimierten Führungsrolle im späteren Stab. Dafür gab er alles. Torre hatte allen Kämpfern bedeutende Posten in einem neuen Friesland versprochen. Und alle, ja alle, vertrauten Torre Breedenbeek. „Okay, dann werde ich nun versuchen, wieder Kontakt mit den Bullen aufzunehmen, um das verpatzte Ding doch noch in die richtige Richtung zu bekommen", gab Torre entschlossen von sich.

Bewegung

„Was ist mit meinem Tee?", grummelte Bruns in den Raum. „Kommt sofort", jodelte Lana Booken. „Wenn wir nur diesen Manninga endlich auffinden könnten, der könnte mit seinen Kenntnissen noch was reißen", schmiss Lennert Jakobs in die Runde. „Manninga, Manninga!" Okko Bruns verschluckte sich an seiner ersten Tasse frischen Tee. „Der ist doch mit von der Partie, der ist doch der, der sich hinter unser aller Rücken bereichern hat. Hier, Lennert, hier von diesem Tisch aus hat das Schwein unsere Arbeit sabotiert, die Polizeikräfte gelähmt und dann sein größtes Ding gedreht. Mann, merkt ihr das denn nicht, dieser Scheißtyp hat uns alle geblendet und seine eigene Führung in Hannover auch." „Ruhig Okko, ruhig! Erst mal wissen wir nicht alles, dann ist das Geld immer noch nicht aufgefunden worden, und somit ist Manninga erst mal noch nicht als Täter überführt", gab Lennert zurück. „Papperlapapp", grunzte Bruns, „der sitzt bis zum Hals in der Scheiße. So, weiter im Text", forderte er seine Mitarbeiter auf, „wie gehen wir nun in Stickhausen vor?" „Lass uns ein kleines Team vorausschicken, Okko. Lana und ich fahren hin, ohne erst mal Aufsehen zu erregen. Die Kollegen vom SEK können dann nachkommen.

Wir sondieren die Lage und versuchen, mögliche Schlupflöcher für einen Zugriff zu erarbeiten", erwiderte Lennert. „Wie, Lennert, ihr wollt die Kavallerie spielen?", lachte Okko die beiden an. „Nein Okko, nur die Vorhut, wir haben nicht mehr viel Zeit. Lass uns fahren und schauen, wie wir am besten in die Burganlage kommen", versuchte Lana Okko zu beruhigen. „Dann gehen wir aber mit", klopfte Peter Jensen auf den Tisch. „Ilka und ich werden mitgehen und Lana und Lennert unterstützen". „Okay, ihr Mutigen, ihr habt zwei Stunden um das Ganze vorzubereiten. Zwei Stunden und keine Sekunde länger, dann lass ich die Kavallerie anrücken", gab Okko nach. Die vier Polizisten sprangen von ihren Stühlen, zogen ihre Schutzwesten an und verließen das Polizeigebäude fluchtartig. Okko goß sich gerade eine weitere Tasse Tee ein, als das Telefon erbarmungslos schellte. Bruns verbrannte sich vor Schreck die Finger und stellte die Kanne ab. „Bruns, hier, wer stört mich bei meiner Teezeremonie, wer wagt das?" „Verschluck Dich nicht, Du alter Bastard", raunte eine Stimme in Okkos Muschel. „Hör mir nun genau zu und vergesse nichts". Okko verlor seine Gesichtsfarbe aber hörte zu.

Entschlossen

Der dunkle Wagen brauste auf die Burganlage Stickhausen zu. Als er über die Brücke an der Jümme bog, sah der Fahrer einige Bewegungen beim Haupthaus neben dem Turm. Er fuhr an der Burg vorbei und parkte seinen Wagen hinter der Kurve Richtung Filsum. Auf dem Beifahrersitz lag eine Pistole, Berreta 21A mit Schalldämpfer. Er hatte sie vor Jahren im Darknet bestellt, ohne zu wissen, ob er sie jemals nutzen würde. Heute nun sollte Feuertaufe sein. Langsam öffnete er die Tür, nahm die Pistole und ging in Richtung Burganlage. Er hatte noch eine Sache zu klären, eine Verbindung zu kappen. Dann würde er wieder ruhig schlafen können. Der Haupteingang mit der kleinen Brücke zur Burg war geschlossen, aber er sah am Haupthaus der Burg Schatten von Männern, die eilig etwas bewerkstelligten. Rechts von der Burg, zum Wall, ebenfalls viele Bewegungen. Die Frage war nun, wie da reinzukommen, ohne gesehen zu werden. „Es bedarf einer List", dachte er bei sich, „ich muss das Schwein aus dem Gebäude locken, der Weg rein wird zu gefährlich." Er nahm ein Handy und wählte eine Nummer. Nach einem kurzen Wortwechsel mit dem anderen Teilnehmer legte er wieder auf. Er stieß einen Fluch aus und wollte sich gerade leise zum Wagen zurückziehen. Breedenbeek wusste nun, wer hier draußen auf ihn wartete. „Dreh Dich nicht um Du Arsch", hörte er eine Stimme hinter sich und spürte etwas unangenehm Kaltes im Genick. „He, was soll das, wir können doch reden, was willst Du von mir?", stotterte er vor sich hin. „Hier gibt es nichts zu reden, ich will eh nichts von Dir, aber ich kenne jemanden, der will sicherlich wissen wer hier nachts rumschleicht", grinste die Stimme hinter ihm. „Unauffällig vorgehen der Herr, durch den Haupteingang zum Wohnhaus, und einen falschen Mucks und Du bist tot", fügte die Stimme hinzu. Er ging mit schlotternden Knien vor, seine Waffe hatte er immer noch im Rücken hinter dem Gürtel. Seine letzte Chance noch zu agieren, dachte er bei sich. Nach wenigen Metern erreichten sie die Eingangstür zum Wohnhaus an der Burg. Die Tür wurde geöffnet, und Torre Breedenbeek stand mit einem breiten Grinsen im Eingang. „Herzlich willkommen zum Sterben auf der Burg Stickhausen!", lachte er ihn an.

Bruns und Breedenbeek

„Hallo mein ostfriesicher Freund", lachte Torre in die Muschel, „ich werde Dir nun noch einmal ein paar Dinge unter Deinen halben Glatzkopf bringen, und dann wird es keine weiteren Verhandlungen mehr geben", fuhr er fort. „Wat wullt Du oll Schlachter, Du, Du hirnrissiger Idiot?", fauchte und stotterte Okko Bruns zurück. „Ist nicht viel, ist leicht verständlich, das bekommt sogar ein so dämlicher Dorfbulle wie Du unter seinen Pony", lachte Torre und verkündete seine Forderungen:

„Du bekommst eine Zeitverlängerung bis morgen früh um zehn Uhr, dafür wirst Du uns heute abend um 22 Uhr hier einen gepanzerten Bus vor die Burg Stickhausen stellen, natürlich vollgetankt und ohne Navi oder sonstige Satellitenverbindungen", herrschte Torre in Bruns Muschel. „Du wirst den Bus mit dem hinteren Einstieg vor dem Eingang der Burg an der kleinen Brücke postieren. Keine Bullen, keine SEK, keine Landes- oder Bundesaffen in der Nähe! Weiter wirst Du über das Land Niedersachsen folgende Anordnungen einholen und bis morgen früh um neun Uhr über die Medien bekannt geben lassen:

1) Die fünf Prozent Klausel fällt bei der nächsten Landtagswahl für die Partei ‚Vereinigtes Friesenland' flach. Sie kann als Minderheitenvertretung, je nach Stimmenlage, in den Landtag einziehen.

2) Ostfriesland bekommt über das Land Niedersachsen einen Fond von 300.000,-- Euro zur Aufwertung des Upstalsboom in Aurich Rahe.

3) Das Land Niedersachsen bestätigt ein Soforthilfeprogramm für 200.000 neue Arbeitsplätze in Ostfriesland in Höhe von zwei Millionen Euro, für den Anfang.

4) Die altfriesische Sprache wird ab sofort in den Grundschulen ab der dritten Klasse als freiwillige Zusatzstunden angeboten.

5) Freier Abzug bis hinter die Grenze der Niederlande unserer gesamten Bewegung, nachdem der Bus abgefahren ist.

Und als kleine Aufmerksamkeit habe ich Dir ein Geschenk am Plytenberg hinterlegt. Das wär's, Okko Bruns, nun kannst Du mal zeigen, ob Du Hirn in Deiner Teemasse im Kopp hast", lachte Breedenbeek ins Telefon. „Wie soll ich das in der kurzen Zeit machen, das schafft nicht mal ein Kanzler, Du Pappkopp", erwiderte Bruns lauthals. „Und was für ein Geschenk am Plytenberg?", sein Kopf schwoll augenblicklich zu einer roten Bombe an und er kochte innerlich. „Ich kann nicht hexen Torre und brauche für die Forderungen mehr Zeit, gib mir zwei Tage", schoss Bruns nach. „Morgen früh um neun höre und lese ich das in allen Medien als Sofort-programm für Ostfriesland. Wenn nicht, geht der Emstunnel hoch und hier in Stickhausen wird ein Feuerwerk gezündet, von dem Du noch in zwei-hundert Jahren lesen wirst. Ach ja, und ein neuer Friedhof muss hier auch her, verstehste, zuviel neue Tote, hau rein Bruns, ich verlass mich auf Dich!" Torre legte augenblicklich auf. „He Du Narr, hör mir zu...", Okko Bruns vernahm ein Knacken im Hörer und wusste in diesem Moment, ab sofort kämpfte er, ja er, um das Wohl Ostfrieslands. In seiner Hand lag das Schicksal des Emstunnels, der Burg Stick-hausen und damit vieler Menschenleben.

Burg Stickhausen

„Ja, wen haben wir denn da?", lachte Torre Breedenbeek. „Hast Du ihn nach Waffen abge-sucht?", kam noch hinterher. „Nein, Torre, sorry", erwiderte Jörg Straaten, „ich mach das sofort." Mit schnellen Griffen langte Straaten nach der Pistole im Rücken des Mannes und hielt sie ihm an den Kopf. „Na, wolltest Du Schießübungen an der Burg inszenieren?", lachte er. Der Mann sackte in die Knie und fing an zu betteln. „Bitte, ich, ich, ich wollte doch nur ein Gespräch mit Herrn Breedenbeek, ich wollte mich doch nur selber schützen." „Du brauchst

keinen Schutz mehr, Du hast Dein Leben ver-
wirkt, mein Freund, ich weiß genau wer Du bist.
Zu dumm Dich hierher zu trauen. Aber das
kommt davon, wenn man im Leben zu über-
heblich wird. Wo ist die Kohle, Du Arsch, wo hast
Du sie versteckt?", zischte Breedenbeek ihn an.
„Welche Kohle, was willst Du von mir?", erwi-
derte der Typ. „Verarsch mich nie wieder, letztes
Mal: Wo ist die Kohle Du kleiner Scheißer?"
Torre wurde lauter. „Okay, okay, ist ja gut, ich
habe sie in meinem Auto, es steht hinter der
Kurve. Bitte, das ist doch alles ein Missver-
ständnis", wimmerte er zurück. „Du meinst, man
steht immer über den Dingen?", schrie Torre den
Mann an. „Jörg, bring ihn zum Mahlstein am
Eingang der Burg, ich muss ihm da noch eben
eine wichtige Frage stellen", befahl
Breedenbeek. „Los, mach Dich nach draußen,
Du Molch!", schubste Straaten den wimmernden
Typen vor sich her. Als sie beim Mahlstein
ankamen, drückte Straaten ihn auf die Knie.
Breedenbeek kam, schaute sich nach allen
Seiten um und ging auf die beiden zu. „So, Du
kleiner Scheißer, nun reden wir mal Klartext",
herrschte Breedenbeek den Mann an.

Vier und Blut in Stickhausen

Als der Wagen mit den vier Polizisten in Stickhausen ankam, wurde es schon leicht dunkel. Lana bog in die Straße Richtung Detern ab und parkte den Wagen auf dem Parkplatz des alten Zollhauses Stickhausen. Die vier Polizisten überquerten die Straße und suchten auf der Gegenseite der Burg, hinter den ehemaligen Garnisonshäusern, zunächst einmal Schutz. Lana und Lennert gingen seitwärts vorbei und überquerten die Straße zur Burg. Sie sahen drei Männer am Mahlstein vor der Burg, standen selbst aber im Schutz der Büsche und Sträucher am alten Burggraben. „Das ist Breedenbeek", flüsterte Lana. „Oh Gott, die machen da nicht das, was ich vermute", schaute Ilka die drei anderen an. „Wir dürfen nun nichts machen, Ilka, wir gefährden sonst eine ganze Region," flüsterte Lana zurück. „Aber wir müssen das doch verhindern", flüsterte Ilka. „Nein, das können wir nicht, dann vernichten wir den Emstunnel und es gibt viele Tote", zischte Lana leise zurück. „Wir können die beiden doch gleichzeitig erledigen", warf Peter Jensen ein. „Nein, Mann, überleg doch mal, die sind hier doch nicht alleine, die haben eine komplette Truppe in der Burg", brachte Lennert sich leise ein. In diesem Moment wurden die Polizisten

Zeugen einer grausamen Hinrichtung. Dem Opfer wurde mit einem Schwerthieb der Kopf abgeschlagen. Lana wollte schreien, Ilka fing leise an zu weinen, die beiden anderen Polizisten musten sich fast übergeben, alle vier hatten noch niemals soviel Grausamkeit live gesehen. Dann schleiften die beiden Männer den Körper des Hingerichteten Richtung Haupthaus, und einer der beiden trug den abgeschlagenen Kopf. Kurze Zeit später setzte sich ein Fahrzeug in Bewegung und verließ die Burganlage. Die vier Polizisten kauerten noch immer in ihrem Versteck und waren fassungslos. „Es nützt nichts, wir müssen nun weitermachen, Okko wartet auf den Lagebericht", ermutigte Lana ihre Kollegen. „Los, lasst uns die Situation erspähen", ergänzte sie. Die vier Polizisten schwärmten aus und erkundeten die Burganlage, so gut es unter diesen Umständen ging. Zu dicht wagten sie sich nicht an die Gebäude heran, sahen aber rund um die Anlage Bewegungen am Wall und an der Burg. Somit stand fest, Breedenbeek erwartete einen Zugriff. Die Burganlage war nach allen Seiten von ihm gesichert worden. Lana griff zum Handy und wählte Okkos Nummer. In schnellen Sätzen erklärte sie ihm die Lage und bekam den Auftrag, sich sofort wieder zurückzuziehen.

Kampf um Ostfriesland

Auch Bäume können grausam sein

Hinnrich Laaten ging jeden Abend seine Runde am Plytenberg in Leer. Der Plytenberg in Leer, eine cirka neun Meter hohe Aufschüttung aus dem 15. Jahrhundert, war von vielen Sagen umgeben. Tatsächlich vermutet man aber neuerdings, dass es sich um einen Ausguck der damaligen Festung Leerort handelte. Im Sommer und im Winter ist der Berg immer ein begehrter Ausflugsort für Kinder, und zu Ostern können die Kinder hier ihre Ostereier trullern lassen (von oben abrollen). Hinnrich spazierte gerne hier, alles so ruhig. Und dann die Sonnenuntergänge, traumhaft schön. Oben steht eine Sitzbank unter einer Linde, die Anfang des 20. Jahrhundert dort wohl gepflanzt worden war.

Heute war es besonders schön hier zu laufen, denn die Luft war klar und nahezu windstill. Als Laaten auf den Plytenberg zuging, kam ihm ein Fahrzeug mit viel zu hoher Geschwindigkeit entgegen. Laaten sprang zur Seite und fluchte dem Fahrzeug hinterher. Dann drehte er sich wieder um und stieg die Stufen des Plytenbergs hinauf. Hier wollte er eine kleine Pause in der Abendluft machen. Oben noch nicht ganz angekommen, sah er etwas großes, tropfendes in der Linde hängen. Aufgrund der Dunkelheit konnte er es aber beim Aufsteigen nicht erkennen. Er hastete die letzten Stufen nach oben und blickte auf das pure Grauen. Er schluckte tief und konnte sich kaum auf den Beinen halten. Ihm wurde schlecht und er begann zu würgen. Im Baum hing ein Körper, ohne Kopf, an den Füßen aufgehängt. Als er den ersten Schrecken überstanden hatte, blickte er auf die Bank. Da lag ein Zettel mit handgeschriebenem Text. Neben dem Text thronte ein abgeschlagener Kopf auf der Bank, mit offenem Mund und Augen. Ein schrecklicher Anblick! Auf dem Zettel stand:

Für Okko Bruns:

Geschenke soll man nicht ablehnen, auch wenn sie schlecht verpackt sind.

Eala Frya Fresena!

Laaten sackte auf die Knie, übergab sich und war der Ohnmacht nahe. Dann griff er geistes-gegenwärtig zum Handy.

Panik
Die vier Polizisten stürzten ins Auricher Krimi-nalamt und sahen einen abgekämpften und hoffnungslosen Hauptkommissar Bruns am Schreibtisch. Sogar sein geliebter Ostfriesentee

stand unberührt neben dem PC. „Was ist los Okko, was ist passiert?", fragte Lana Booken besorgt. „Ach Scheiße Mann, alles Scheiße, ich weiß nicht mehr weiter, ich bin verzweifelt", erwiderte Okko leise. „Okay, nun erzähl erst mal, dann sehen wir weiter", beruhigte Lennert Okko. „Wir haben gerade die Meldung von der Leiche eines Mannes am Plytenberg bekommen. Er wurde grausam hingerichtet, kopfüber an die alte Linde gehängt und der Kopf thront auf der Bank, oben auf dem Berg. Es scheint Dr. Manninga zu sein, nach dem brauchen wir dann nicht mehr zu fahnden." Okko fuhr fort: „Dann hat der wahnsinnige Breedenbeek seine Forderungen erneuert und uns eine Verlängerung bis morgen früh um zehn Uhr gegeben. Die Forderungen können wir aber nie erfüllen, selbst wenn wir wollten, es ist absolut irreal und paranoid was der Schwachkopf will." „Wieso geben wir seinen Forderungen nicht nach, zumindestens zum Schein und greifen dann in Stickhausen zu?", wollte Ilka Pommer wissen. „Weil er zu intelligent ist, er wird den Braten riechen und dann ein Gemetzel veranstalten", erwiderte Bruns mit einem langen Atemzug. „Okay, dann lasst uns schauen, was wir ihm anbieten können, damit er keinen Verdacht schöpft. Oder anders gesagt, wir müssen zugreifen, bevor er überhaupt handeln kann und will", gab Lana in die Runde. „Er will als Erstes einen gepanzerten Bus bis heute Abend um 22:00 Uhr vor der Burg stehen haben, das ist das Erste", stöhnte Okko Bruns. „Kein Problem, dann stellen wir ihm einen, das bekommen wir doch geschüsselt, ich kläre das mit dem LKA und der Bundeswehr", haute Lana auf den Tisch. „Okay, und Du meinst, Du bekommst einen?", fragte Peter Jensen. „Ja, ich hab persönlich sehr gute Kontakte zur Leeraner Kaserne. Das kläre ich und dann ist seine erste Forderung erfüllt und wir haben die ganze Nacht Zeit um die anderen Dinge zu regeln", klatschte Lana in die Hände. „Persönliche Kontakte", äffte Lennert Lana nach, und man merkte einen Funken von Eifersucht. Er war immer noch in die hübsche Kollegin verliebt, da kam auch Ilka nicht mit. Insgeheim stellte er sich die erotischsten Momente im Streifenwagen mit Lana vor. „Gut, dass man keine Gedanken lesen kann", dachte er noch bei sich. „Also okay, alles auf! Ich spreche noch mal mit dem Land Niedersachsen, mit unseren Chefs und mit dem BKA", runzelte Bruns seine Stirn. „Wie gehen wir weiter vor, spätestens morgen früh ist alles aus", fragte Ilka noch mal nach. „Wir müssen ihn und seine Schergen von der Burg wegbekommen. Wir haben gesehen, dass das eine Festung dort ist. Es würde Blutvergießen ohne Ende geben, der gibt nicht auf", brachte sich Peter Jensen ein. „Stimmt, weg von der Burg, dann macht er vielleicht Fehler", ergänzte Lana und lächelte Jensen mit einem bestimmten Zwinkern an. Lennert sah das und wurde augenblicklich rot, er hätte den smarten Leeraner Polizisten am liebsten sofort nach Leer zurück geschickt. „Was ist Lennert, hast Du Bauchschmerzen?", grinste Lana ihn an. „Nee, passt schon, ich brauch nun erst mal einen Tee und kühle Luft, mach mich eben nach draußen", erwiderte Jakobs zynisch.

Bruns übernimmt das Kommando

„Okay, dann machen wir das so", Bruns legte zufrieden den Hörer auf. Er hatte die weitere Vorgehensweise mit den Landes- und Bundesbehörden geklärt. Die wollten schon seit dem Abgang von Dr. Manninga die gesamte Situation über einen schnellen Zugriff klären. Nur die Erfahrung, die Kenntnis und die Einschätzung mit der genauen Beschreibung von Torre Breedenbeek, verschafften Bruns einen Bonus, um weiterhin über seinen Stuhl handeln zu können. Das BKA hatte erkannt, nur Bruns konnte aktuell die Lage deeskalieren und den Anschlag mit seiner genauen Einschätzung vielleicht noch verhindern. Bruns war ab sofort als Koordinator und oberste Instanz bestellt worden, noch vor seinem Chef. Kriminalrat Osterkamp kochte innerlich aufgrund der an Bruns übertragenen Kompetenzen, aber es war nun mal entschieden. Bruns hatte ab sofort das Kommando über alle Aktivitäten im aktuellen Fall. Mittlerweile war die Identität der Leiche am Plytenberg geklärt. Der Tote war definitiv Dr. Manninga und von dem Geld, das er über Torre Breedenbeek und seine Schergen erbeutet hatte, fehlte jede Spur. Sicher war aber nun auch, dass es einen Zwiespalt zwischen Dr. Manninga und Breedenbeek gegeben haben musste, sonst hätte der Erstgenannte ja noch gelebt. Also war irgendetwas vorgefallen, das Dr. Manninga zum Todfeind von Breedenbeek gemacht hatte. Auch war geklärt, dass Hilli Straaten in irgendeiner Form mit in der ganzen Geschichte steckte, denn sie war nach Dr. Manningas Abgang ebenfalls nicht mehr gesehen worden. Diverse öffentliche Auftritte hatte sie nicht wahrgenommen, und von ihrem Mann fehlte auch jede Spur. Sicher war nur, beide waren ebenfalls Administratoren der Facebook-Gruppe „Wi sünd Oostfreesen un dat mit Stolt", beide standen Breedenbeek mal sehr nahe, und beide waren Friesen mit Leib und

Seele. Hilli Straaten könnte mit dem Wegfall der fünf Prozent Klausel im Landtag bei den nächten Wahlen sofort einsteigen. Man prognostizierte der Partei fünf Prozent und mehr im Landtag bei den Folgewahlen. Straaten hatte immer für ein neues, unabhängiges Ostfriesland geworben, mit eigenem Regierungssitz und deftiger Finanzspritzen von Land und Bund. Dafür war sie oft belächelt worden, jedoch in der letzten Zeit, gerade im Zeichen der Globalisierung, wurde ihre Anhängerschaft immer größer. Das nutzte sie seit Monaten für ihren Wahlkampf, dennoch erreichte sie dieses Mal nur 4,8%.

Dr. Manninga musste um die guten Verbin-dungen zu Breedenbeek gewusst haben und die Verhandlungen zum Schein laufen lassen, damit er ungestört seinen Raubüberfall planen konnte. Möglichst viel Personal binden um dann ganz easy den Raub zu koordineren.

Breedenbeek schien Dr. Manninga, nach Bruns Überlegungen, lange vertraut zu haben, und irgendetwas musste Dr. Manninga ihm ver-sprochen haben. Bruns dachte lange nach, so langsam setzte sich das Puzzle zusammen, und er wurde innerlich immer wütender. Denn auch er war nach allen Künsten verarscht worden. So etwas war ihm in seiner gesamten Laufbahn never geschehen, es sollte auch das letzte Mal sein, beschloss er sodann trotzig.

„Lana, Zuhörhase ist angesagt, alle zusammen in mein Büro und frischen Tee mitbringen, wir machen heute Nacht durch", befahl er seinen Beamten. „Kommen schon, na Du klingst ja mächtig zuversichtlich Okko, so kennen wir Dich!", lachte Lana in den Nebenraum.

Taxi-Bus

Langsam bog der gepanzerte Bus in die Straße zur Burg Stickhausen ein. Der Fahrer schaute sich um, aber in der Dunkelheit war nichts zu erkennen. Die Sterne schienen die Burganlage an und verzauberten das abendliche Bild in Stickhausen. Alles war so friedlich und still. Der Bus hielt nun auf dem Parkplatz an der Burg an, und die hintere Einstiegstür des Busses wurde direkt vor der kleinen Brücke an der Eingangstür zur Burg positioniert. Von der Straße aus konnte man nun nur den Bus sehen, der Blick auf den Eingang der Burg war versperrt. Genau so, wie Breedenbeek es gefordert hatte. Der Fahrer stieg vorne aus und zündete sich eine Zigarette an. Er konnte keine Bewegungen an der Burganlage erspähen und auch Lichter brannten nirgendwo. Nach seinem dritten Zug an der Fluppe spürte er etwas Kaltes im Nacken.

„Schön ruhig bleiben, mein Freund, ganz ruhig, Schlüssel her und Fresse halten", hörte er eine Stimme hinter sich. „Ja, klar Mann, klar, hier die Schlüssel, bitte lassen Sie mich leben, ich habe zwei Kinder. Bitte, ich sollte nur den Bus bringen", stotterte der Fahrer zurück. „He, nu scheiß Dir mal nicht in die Hose, alles gut, ich überprüfe nun den Bus und Du bleibst hier schön stehen. Null Mucks, versteht sich", herrschte die Stimme ihn an. „Klar, mach ich, jawohl, zu Befehl, na klar", bibberte der Fahrer zurück. Die Stimme verschwand im Bus und der Fahrer sah drei kleine rote Lichtkegel, zwei auf seiner Brust und einen auf der Nase. Er wollte etwas sagen, aber er bekam kein Wort raus. Die Stimme lachte aus dem Bus. „Ach so, das sind meine Kollegen, die passen auf, dass Du keinen Mist baust. Keine Sorge, die schießen nur, wenn Du nicht gehorchst." Der Fahrer wirkte nun ein wenig ruhiger und nach cirka zehn Minuten hörte er die Stimme wieder hinter sich. „So mein Freund, alles top. So, wie abgesprochen, Du machst einen guten Job." „Ich würde dann nun gerne gehen", bat der Fahrer. „Kannst Du auch. Du gehst nun mit leisen Schritten Richtung Altes Zollhaus, drehst Dich nicht um, machst keine ruckartigen Bewegungen, furzt und hustest nicht und hältst nicht an", erwiderte die Stimme. „Nee klar, natürlich, mach ich", der Fahrer ging nun mit kleinen Schritten in Richtung des alten Zollhauses über die Straße und wurde dort von versteckten Beamten in Empfang genommen, die nach der Erkundung der Kollegen aus Aurich und Emden dorthin beordert wurden. Sie sollten ständig über den Verlauf dort berichten. Leider konnte der Fahrer über nichts anderes als die Lichter auf seinem Körper berichten. Als er die Straße überquerte, lachte die Stimme immer noch laut und hämisch.

Kein Signal ist auch eins

Okko saß in seinem Büro und grinste über beide Backen, er strahlte so, wie ein kleiner Himmelskörper, der gerade geboren wurde. „So, hört mal zu", Okko war außer sich vor Freude. „Kommando ab sofort bei Okko dem Ersten!" Er setzte sich aufrecht an den Tisch und schaute wie ein König. „Wir bekommen in einer halben Stunde sogenannte Blocker nach Ostfriesland. Das sind Drohnen, die Funksignale eliminieren und aufhalten können. Sobald wir sicher sind, dass das Signal zur Zündung nicht mehr ausgelöst werden kann, lassen wir Breedenbeek eine Mitteilung zukommen, dass er sich seine Forderungen in den ‚verehrten Arsch' schieben kann." Okko triumphierte vor Glück. „Warte mal

Okko, das ist nicht sehr klug. Dann wird er in Stickhausen alles vernichten was er kann und es wird dort einen blutigen Kampf geben", erwiderte Lana. „Wir müssen die gesamte Truppe im Bus haben, dort können wir zuschlagen", fügte sie an. „Stimmt Lana, aber wie wollen wir dann vorgehen?" Okko schaute fragend. „Ganz einfach: Wir hängen uns nun an die Leitungen und erarbeiten unsere Falschmeldungen für die Zeitungen, TV und Radio, die dann Morgen früh veröffentlicht werden sollen. Um neun Uhr wird Breedenbeek die Meldungen sehen und hören, dann lassen wir die Truppe abfahren und greifen zu", stellte Lana den Plan vor. „Könnte von mir sein", lachte Okko und schlürfte erst mal wieder eine Tasse seines geliebten Ostfriesentees.

Die Nacht verging mit der Planung der Fake News. Sogar bei Facebook und Instagram wurde eine neue Region Ostfriesland vorgestellt, mit großer Finanzspritze und den Zusagen, die von Breedenbeek gefordert wurden. In einem Statement des Ministerpräsidenten wurde sogar von einer neuen Epoche für Ostfriesland geworben. Es sah alles so echt aus. Die Beamten in Aurich hatten mit den IT-Spezialisten der kriminalistischen Fachabteilungen von LKA und BKA ganze Arbeit geleistet. Eine perfekte Inszenierung. Fast perfekt....

Bruns war auf dem Schreibtisch eingeschlafen, und Lana lag mit dem Kopf auf Lennerts Schulter, ein echt netter Anblick. Ilka und Peter lagen auf bereitgestellten Klappbetten und ruhten sich noch kurz aus. Alles schien nun nach Plan zu laufen, alles schien einen unblutigen Verlauf zu nehmen. Alles schien endlich gut zu werden. Um sieben Uhr morgens waren die Drohnen in Position gebracht worden, eine an der Burg Stickhausen, sie schwebte über dem alten Zollhaus aber außer Sichtweite der Burganlage, und eine am Emstunnel in Leer. Beide Drohnen waren getestet und scharf gestellt worden und konnten nun die Signale der Sprengsätze blocken. Die Beamten hatten wirklich an alles gedacht.

Burg Stickhausen

Torre saß vor seinem Laptop und verfolgte die Medien. Auf allen namhaften Sendern wurden seine Forderungen proklamiert, ohne einen Hinweis auf eine potentielle Gefahrensituation für Ostfriesland. Der Ministerpräsident des Landes Niedersachsen begründete die Förderung Ostfrieslands mit der Gleichstellung anderer Regionen. Alle Argumente seiner Ausführungen klangen absolut logisch, gerade in Ostfriesland wurden sie vieler Orts laut bejubelt. Endlich mehr Geld nach Ostfriesland, endlich ein Ohr im Landtag, endlich wieder ein eigener Regierungsbezirk in Aurich. Endlich ging es voran. Hilli Straaten gab bei Radio Ostfriesland schon wieder Interviews. Sie wertete den Erfolg mit nachhaltiger Arbeit ihrer Partei und sich selbst. Sie bemerkte nicht, dass sie rund um die Uhr von Beamten beschattet wurde, die nach ihrem Auftauchen sofort auf sie angesetzt worden waren. Die Beamten warteten nur auf das Ende der Aktion in Stickhausen und würden sie dann sofort festnehmen und verhören.

Torre und Jörg Straaten saßen immer noch vor dem PC und verfolgten die Medien. Torre grummelte vor sich hin. Irgendetwas schien ihn zu stören, irgendetwas passte ihm nicht. „Was ist los Torre, was denkst Du?", fragte Jörg ihn zögerlich. „Ich weiß nicht Jörg, da stimmt was nicht, das geht alles zu glatt. Ich habe ein komisches Gefühl im Bauch. Hilli ist frei und erzählt über Radio Ostfriesland von ihrem großen Erfolg. Sie wird nicht festgenommen oder zumindestens befragt. Ich glaube, da ist 'ne große Sauerei unterwegs", antwortete Torre verstört. „Ich glaube nicht, dass Bruns die Macht hat, solche Fakes zu bringen", erwiderte Jörg mit Überzeugung. „Und ich glaube nicht, dass Bruns die Macht hat, unsere Forderungen zu erfüllen.

Es ist zu ruhig Jörg, man lässt uns hier walten und schalten. Rund um die Burg siehst Du null Beamte, obwohl nun jeder weiß, dass wir hier sind", zischte Torre zurück. „Hol die Männer zusammen, außer die Posten am Wall, ich will mit ihnen reden", befahl Torre Jörg. „Okay, verstanden, ich hole alle hier zusammen, ich glaube zwar nicht an einen Fake, aber Du bist der Boss", gab Jörg zurück. Eine Viertelstunde später standen seine Männer alle zusammen in der großen Wohnstube der ehemaligen Besitzer der Burganlage. „Männer", begann Torre Breedenbeek, „wir sind weit gekommen, unsere Forderungen wurden in den Medien heute Morgen bestätigt." Großes Jubeln und minutenlanger Applaus folgten seinen wenigen Worten. „Leider traue ich dem Braten hier nicht", fügte er nach dem Applaus hinzu. „Wir werden um 12:00 Uhr in den Bus steigen und Richtung Emstunnel fahren. Jörg wird gleich in einer Sondermission Licht in die Fragen um unseren Abzug bringen", sprach er weiter. Jörg Straaten schaute ihn fragend an. „Jörg, Du wirst Kontakt zu Deinem alten Kumpel Heiner, vom BND aufnehmen, ihr wart dort doch mal ein Dreamteam, und kitzel mal bissel raus was hier in Ostfriesland so Sache ist. Wozu haben wir diese Kontakte, wenn wir sie nicht nutzen?", befahl er seinem

Vertrauten. „Mach ich Torre, Du kannst Dich auf mich verlassen", klopfte Jörg Torre auf die Schulter. Torre zuckte ein wenig zusammen, er mochte diese Berührungen nicht so gerne, das wusste Jörg, aber in diesem Fall hatte er nicht daran gedacht. „Wenn nachher alles glatt läuft, haben wir um elf Uhr die niederländische Grenze passiert. Überprüft eure Waffen und bringt alles in den Bus. Wir benötigen die übrig gebliebenen Mengen des Sprengstoffs aus Weener. Die nehmen wir mit. Dann werden wir uns in die Niederlande absetzen und von dort aus weitere Aktionen für unser Heimatland planen und durchführen. Unsere Kontakte in den friesischen Gebieten der Niederlande werden uns ein Versteck besorgen. Eala Frya Fresena, Männer!", damit schloss Breedenbeek seine Ansprache. „Lever dood as Slaav!", erwiderten alle im Chor.

Lügen haben kurze Beine
Jörg Straaten ging hinter der Burg spazieren. Er nahm sein Telefon und wählte eine Nummer. Es klingelte nur zweimal. Dann hörte er eine Stimme auf der anderen Seite der Verbindung. „He Jörg, lange nichts von Dir gehört, wie geht es euch, Hilli macht ja gerade Karriere, ich verfolge das Ganze ein wenig", sagte die

Stimme freudig. „Ja, soweit alles gut, Heiner, alles tutti. Dann hast Du das mit den neuen Gesetzen für Ostfriesland ja auch heute Morgen schon gehört?", fragte Jörg. Lautes Lachen am anderen Ende der Leitung. „Jörg, das Ganze geht um einen verrückten Terrorakt in Ostfriesland, ich habe es über unsere Kanäle mitbekommen, das ist alles Fake-Show, die wollen da ein paar Verrückten an den Arsch!" Heiner kam gar nicht wieder bei. „Alles nur Fake, was soll das bedeuten, werden wir denn bedroht hier?" Jörg hakte nach. „Na, es gibt eine Sprengdrohung am Emstunnel, die Öffentlichkeit soll da weitgehend rausgehalten werden. Da sind ein paar Verrückte unterwegs und wollen absurde Forderungen durchsetzen, völlig Beknackte", sprudelte es aus Heiners Mund. Heiner war seit Kindertagen mit Jörg Straaten befreundet, er wusste, dass er ihm vertrauen konnte, und dann brabbelte er wie ein Buch. Er erzählte gerne Neuigkeiten, und sich selbst ein bissel in den Mittelpunkt zu stellen, gehörte zu seiner Persönlichkeitsstruktur. „Oh Mann, dann gibt es ja noch 'ne Menge Ärger mit den Typen", bedauerte Jörg die Mission. „Halb so wild, die sind bald Geschichte. Es ist bekannt, wo sie sind, und da tut sich ganz bald was", lachte Heiner auf. „Alles klar!", gab Jörg zurück, „lieben Dank für die Info, ich weiß das zu schätzen, hab mir schon Sorgen gemacht", bedankte sich Jörg artig. „Auf ein Bier beim nächsten Mal in Leer", forderte Heiner seinen Bonus ein. „Klar, gerne, machen wir bei Schöne Aussichten am Hafen, da ist es immer sehr schön, ich melde mich gerne", erwiderte Jörg. Er machte das Handy aus und lief mit schnellen Schritten zur Burganlage zurück. „Torre, Torre, wir werden gelinkt, das Ganze ist eine miese Falle!" Jörg Straaten war völlig aus der Puste. „Was ist denn los, Mann, was ist passiert?" Torre sah Jörg fragend an. „Das ist alles ein Fake, Mann, die wollen uns hier einkassieren. Die stehen in den Startlöchern, wir müssen los, bloß weg hier", erwiderte Jörg atemlos. „Habe ich mir's doch gedacht! Bist Du sicher, Jörg?", fragte Torre noch mal nach. „Ja Mann, das ist voll die Scheiße, die wissen alles und wollen uns nur noch kassieren", Jörg war noch immer außer sich.

„Männer, hört mir zu!", schrie Torre in die Räume, „alle Mann aufsitzen, wir fahren gleich ab." Die Männer packten ihre Sachen in Windeseile und stürmten zum Bus. In wenigen Minuten waren alle Mann an Bord. „Abfahrt", Torre schaute seinen Fahrer an und er wusste, nun wurde es ernst. Bei der Abfahrt von Stickhausen sahen die Männer das ganze

Aufgebot am Zollhaus, sie waren die ganze Zeit beobachtet worden und nun schauten sie einfach zu. Keiner der Beamten machte einen Schritt in Richtung Bus, als dieser die Brücke über die Jümme passierte, auch folgten keine Fahrzeuge dem Bus. Torre lief im Bus hin und her. Sein Laptop stand vorne auf dem ersten Sitz. Er hatte eine Mobilfunkkarte im System eingebaut um zünden zu können. Er wandte sich noch einmal an seine Männer. „Hört mir zu, Männer", begann er, „ich will euch nichts vormachen, ich will auch nichts beschönigen. Wir werden den heutigen Tag wohl nicht alle überleben. Aber wir haben es gewusst, wir kämpfen bis zum Letzten für unsere Forderungen." Torre fuhr fort: „Wir werden nun Richtung Emstunnel fahren und kurz nachdem wir ihn passiert haben, die Sprengungen zünden. Sollten wir aufgehalten werden, benutzt eure Waffen. Schaut aus den Fenstern nach verdächtigen Bewegungen. Sobald sich da was tut, feuert was das Zeug hält. Wir müssen die Sperrung am Emstunnel durchbrechen und stumpf hindurchfahren, danach sind wir auf der sicheren Seite.
Eala Frya Fresena! Männer, wir lassen uns nicht unterkriegen!", schrie er mit geballter Faust in den Gang. „Lever dood as Slaav!", erwiderten seine Männer.

Hals über Kopf

Die Nachricht vom gestarteten Bus erreichte Okko Bruns wieder mal bei seiner Teezeremonie. „Vedullt nochmol, wat is dat ok jümmers Shiete", fluchte er auf plattdeutsch und spütterte den Kandis auf den Schreibtisch. „Okko, wir müssen nun handeln, jetzt sofort. Sind die Blocker scharf und können wir uns auf sie verlassen?", fragte Lana nach. „Ja klar, alle gut. Wo ist der Bus nun?", entgegnete Okko „Er ist auf der Autobahn A 28 Richtung Leer, ich denke, Breedenbeek will zum Emstunnel", antwortete Lana. „Na denn los, alle Mann, ich informiere alle Stellen, wir müssen ihn vor der Grenze stellen, sonst ist der weg, für immer", hastete Bruns los. „Lass uns die Sperre direkt hinter dem Emstunnel machen, er kann von dort nirgendwo hin. Und wir können von hinten mögliche Flüchtige einkassieren", schlug Lennert vor. „Gute Idee, ich gebe das zur Einsatzleitung am Emstunnel weiter", erwiderte Bruns.

Die zivilen Streifenwagen wurden besetzt und es ging mit Eiltempo über Hesel zur Autobahn. Drei Zivilwagen aus Aurich waren nun auf Verfolgungsjagd. Kurz vor Abfahrt Leer Ost sahen sie den Bus in einem Stau stehen. Es ging nur langsam vorwärts. Die Baustelle auf der Bahn war eigentlich bekannt, aber zu dieser Zeit normalerweise nicht gestaut. Cirka zehn Fahrzeuge trennte die Polizisten vom Bus. „Wollen wir aussteigen und den Plan ändern?", fragte Lana Bruns. „Nein, das macht keinen Sinn", erwiderte Bruns, „sie haben uns nicht bemerkt." „Aber wenn wir länger im Stau stehen, wird es immer kribbeliger, Breedenbeek ist nicht doof", gab Lana von sich. „Er wird die Zündung erst nach der Passage des Tunnels setzen, er will den Weg versperren, ich kenne den, der ist kalt und grausam", antwortete Bruns. „Okay, dann verstehe ich Deinen Plan. Du willst ihn sicher passieren lassen, in dem Glauben, sprengen zu können und dann steht er vor einer Sperre, aus der er nicht mehr flüchten kann", lächelte Lennert Okko an. „Genau so machen wir das, die Leitung weiß Bescheid, wir kriegen ihn diesmal an seinem Arsch zu fassen und dann ist der Mythos ‚die Fratze' endlich Geschichte", lachte Bruns.

Emstunnel

Panik auf der A 28

„Scheiße, Mann, dieser verdammte Stau", fluchte Torre vor sich hin. „Ich sehe da hinten einen dunklen Passat Torre, der kommt mir nicht geheuer vor, etwa zwölf Wagen hinter uns", rief

Jörg Straaten aufgeregt. „Wo, zeig, ich komme."
Torre stürmte nach hinten und schaute durch
das gepanzerte Glas des Busses. „Mist, das
sind Bullen, gebt mir eine Maschinenpistole!",
rief Torre hastig. Er ranzte den Fahrer an, die
hintere Tür zu öffnen. Blitzschnell war Torre im
Einstieg und visierte den Passat an. Er gab drei
kurze Salven ab und zog seinen Kopf wieder in
den Bus. „Schließ die Tür", schrie er den Fahrer
an. Die Tür schloss sich und er schaute schnell
aus dem Fenster. Einige Fahrzeuge hinter dem
Bus hatten gehalten, deren Insassen waren vor
Schreck in die Seitenböschung geflüchtet, die
verfolgenden Beamten blieben dran, der
anvisierte Passat schien unbeschädigt. „Tür
noch mal auf!", schrie Breedenbeek den Fahrer
erneut an. Die Tür öffnete sich und Torre stand
wieder im Einstieg. Diesmal schoss er fünf
Salven in die Richtung des Passats und dessen
Vorderscheibe barst auseinander. Er konnte
aber niemanden mehr im Fahrzeug sehen, sein
kleines Fernglas aus BW Beständen war da
schon ziemlich zuverlässig. Er feuerte noch mal
fünf Salven in die gleiche Richtung und verzog
sich wieder in den Bus. „Schließ die Tür!", schrie
er wieder. Die Tür schloss sich. Zwei Verfolger-
fahrzeuge fuhren weiter, zwar noch im
Schrittempo, aber der Verkehr lief wieder. Der

beschädigte Passat blieb stehen und die Insassen wechselten in ein nachkommendes Fahrzeug. „Wir können nicht durch den Emstunnel fahren", bestimmte Torre auf einmal. „Das ist eine Falle, ich spüre es, wir biegen vorher Richtung Emden ab und sprengen nun", ergänzte er. Die Truppe im Bus applaudierte und jubelte ihm zu. Torre hastete zum Sitz nach vorne und betätigte den PC. Mittlerweile war der Bus in Sichtweite des Emstunnels und Torre nahm ein Handy und gab eine Tastenkombination ein. „Fahrt nach Walhalla, gute Reise ihr Nicht-Friesen und Verräter", Torre betätigte die Zündung. Totenstill war es im Bus, keiner sagte etwas. Alle starrten in Richtung Emstunnel und warteten auf das große Feuerwerk. Torre gab ein zweites Mal den Code ein, er fluchte vor sich hin, aber nichts tat sich. Totenstille im Bus, Totenstille. „Scheiße Mann, was hat das zu bedeuten, ihr habt die Ladungen doch sauber angebracht", fluchte Torre seine Leute auf den Sitzen an. Alle nickten heftig und beteuerten die ordnungsgemäße Anbringung der Zündungen. „Dann wurden die Signale geblockt, das ist Technik aus den Vereinigten Staaten. Mann, ich hab never damit gerechnet, dass die in Deutschland verfügbar ist." „Verfluchter Mist, was machen wir nun?", schnaubte Jörg ihn fragend an. „Männer, es gibt keinen Ausweg mehr, wir haben alles versucht, es ist Zeit zu sterben. Zeit zu sterben für unsere Heimat, mögen die Nachfahren noch über uns erzählen, mögen die Götter uns gnädig sein, Wotan, wir kommen!", schrie Torre durch den Bus.

Tunnelblick

„Anton 24 an Anton 12, wir haben die Meldung bekommen, dass Breedenbeek seine Zündungen aktiviert hat", der Lautsprecher in Bruns Zivilwagen sprach deutliche Sätze. „Scheiße Mann", fluchte Bruns, „nun weiß der olle Fanatiker, dass das nicht geklappt hat. Nun wird's gefährlich, wir müssen schnell handeln." „Okko, er wird gleich beim Tunnel sein, was wird er machen?", schaute Lana ihn fragend an. „Er wird nicht in den Tunnel fahren, denke ich, er wird vorher abfahren, Richtung Emden", mutmaßte Okko. „Okay, dann hinterher und ihn dort stellen. Ich informiere die anderen Streifen", brachte sich Lennert ein. „Mach das Lennert, diesmal wird er uns nicht entkommen", schnaubte Bruns in seinen Zickenbart, den er sich neuerdings wachsen ließ. Die Kolonne der Zivilstreifen folgte dem Bus weiter, die Entfernung zum Tunnel verringerte sich immer mehr und die Anspannung stieg ins

Unermessliche. Im ersten Fahrzeug saßen nun zwei Beamte aus Leer, da der Passat mit der anderen Besatzung aufgrund der Schüsse liegengeblieben war. Okko Bruns und seine Kollegen folgten im dritten Fahrzeug. Aus den Augenwinkeln sahen sie auf einmal Funken und berstendes Glas. Es kam vom ersten Fahrzeug, wieder wurde geschossen. Der Wagen schleuderte rum und die beiden Folgefahrzeuge konnten im letzten Moment passieren. Nun war Okkos Wagen als zweite Zivilstreife hinter dem Bus. Die Lage spitze sich immer weiter zu. Cirka 500 Meter vor der Abfahrt Emden hofften nun alle Beamten, dass der Bus abbog. Okko hatte hoch gepockert, vielleicht zu hoch..........

Auf in den Tod

Torre Breedenbeek und Jörg Straaten schauten sich gefasst an. Sie wussten nun, dass es keinen Sinn machte in Richtung Emden abzubiegen. Wenn sie überhaupt ein Zeichen setzen wollten, war es nun an der Zeit, nur noch geradeaus zu fahren, durch die Absperrung, rein in den Tunnel und dann .....Rumms. Der einzige Weg Geschichte zu schreiben, der einzige Weg Auf-merksamkeit für die Region Ostfriesland zu bekommen. Er wandte sich noch mal an seine Leute: „Für Ostfriesland, für unsere Freiheit, für mehr Mitbestimmung", begann er. „Jetzt, wir fahren rein und sprengen den Bus mit den verbliebenen Ladungen hier an Bord in die Luft", peitschte Torre seine Männer an. „Wir werden die Türen öffnen und wer kann, rettet sich in die Notausgänge, von dort ist dann jeder auf sich selber gestellt. Ich habe Gelder versteckt, die Kisten an Bord sind nicht voll, ein Teil der Kohle ist an einem sicheren Ort. Sollte es jemand lebend hier rausschaffen, findet ihr einen Hinweis an der Burg Stickhausen. Geht zum Baum am alten Propeller, am Stamm ist eine Engelsstatue in der Rinde angedeutet. Schaut gerade nach unten und dort findet ihr einen Stein. Er ist mit friesischen Runen versehen, entziffert sie und ihr wisst, wo die Millionen sind", fuhr Torre weiter fort. „Wir treffen uns in den Niederlanden in Oude Pekela an der Statue des alten Kanals. Morgen um 16:00 Uhr, für alle die überleben. EALA FRYA FRESENA! Männer, ich bin stolz auf euch, ich liebe euch alle", beendete Torre seine Ansprache.

Die Männer öffneten in Windeseile die Kisten der Sprengladungen und versahen die einzelnen Sprengsätze mit Zündern. Der Bus fuhr nun mit hohem Tempo durch die Barrikaden in den Emstunnel hinein. Im Bus herrschte absolute Stille und die Männer schwitzten am ganzen

Körper. Torre holte sein Handy aus der Tasche und gab eine Nummer ein. „Raus jetzt, alle Mann, raus jetzt, ich zünde!", schrie er seine Männer an. Die Männer sprangen aus den Türen und rollten sich seitwärts zu den grünen Türen der Notausgänge. Torre schaute noch einen Moment auf sein Handy und wählte folgende Nummer:

4444 2022

Dann wurde es dunkel um den Emstunnel in Leer............

Mit eigenen Augen
„Was macht der denn da, Scheiße Mann, Scheiße, was tut der?" Okko Bruns schnaubte vor Wut. „Der fährt doch in den Tunnel, Mann Scheiße, ich kotz gleich", stieß Lana einen Fluch aus. Lana und Okko sahen mit Fassungslosigkeit den Bus in den Tunnel fahren. Okkos Rechnung ging nicht auf. Auf einmal alles neu, alles anders. Was hatte Torre Breedenbeek vor, war es wirklich das, was die Beamten im Fahrzeug nun alle vermuteten aber nicht aussprachen?
Jan Hecht stand mit seinem alten 40iger Deutz auf einem seiner Landstücke in Bingum, gleich in der Nähe des Emstunnels. Sein Kollege

Hinnerk Oldrigs war gerade damit beschäftigt, den zweiachsigen Ackerwagen anzukoppeln, als eine ohrenbetäubende Explosion die beiden Landwirte in Angst und Schrecken versetzte. Sie schmissen sich reflexartig auf den Boden und drückten die Köpfe in den friesischen Mutterboden. Die Erde bebte und eine riesige Rauchwolke stieg am Emstunnel auf. „Jan, wat is dor denn geböhrt, wat is dat denn?" „Jassesnee, de Emstunnel geiht hoch, wech hier Hinnerk, blod wech hier, wi mutten up een Höchte", schnaubte Jan. Die beiden sprangen auf und rannten um ihr Leben. Cirka dreihundert Meter weiter erreichten sie den Emsdeich und erklommen die Anhöhe. Beide schauten fassungslos auf die Rauchwolke und auf die Wassermassen, die nun aus dem Tunnel, den gesamten Bereich überfluteten.

Der Dienstwagen von Okko Bruns, Lana Booken und Lennert Jakobs wurde von den ankommenden Wassermassen hart geschleudert. Das Wasser erreichte auf einer Länge von cirka fünfhundert Metern im Umkreis des Emstunnels eine gefährliche Höhe. Irgendetwas musste die Massen aber stoppen, denn auf einmal wogte die ankommende Flut zurück. Die drei Beamten flüchteten aus dem Fahrzeug und rannten in Richtung Böschung seitwärts. Sie suchten ebenfalls eine Anhöhe um sich aus der Gefahrenzone zu bringen. Rund um den Emstunnel hatte sich nun plötzlich ein See gebildet. Die Ein- und Ausgänge waren bis zur Hälfte unter Wasser. Ein grausiges Bild zeichnete sich ab. Völlig außer Atem und triefnass kamen sie auf einer kleinen Anhöhe neben der Autobahn an und schmissen sich lang auf den Boden. „Oh Mann, Scheiße Mann, so eine Scheiße", Okko schüttelte mit dem Kopf. „Was für ein Idiot, was für ein Narr", ergänzte er wütend. Die Beamten richteten sich auf und schauten auf den Unglücksort. Überall standen Menschen auf kleinen Anhöhen. Hubschrauber der Bundes- und Landespolizei sowie Rettungswagen und Feuerwehren waren binnen fünf Minuten vor Ort. Die Sanitätsstaffel der Leeraner Bundeswehr schickte schweres Gerät um zu unterstützen. Die Lage war höchst nebulös. Wie viele Opfer es unter den Unbeteiligten, den Beamten und den Tätern gab, war ungewiss. Ebenso, warum die Wassermassen zum Stillstand gekommen waren. Zwei Stunden später wurde über alle Medien von diesem Terrorakt berichtet. Die Bilder von Torre Breedenbeek wurden überall und ständig gezeigt und übertragen. Laut Medien war er mit seiner Truppe im Emstunnel ertrunken. Der Zugang zum Tunnel war aber

noch gar nicht frei begehbar. Alles nur Vermu-
tungen und Mutmaßungen. Die Wassermassen
waren, laut erster Einschätzungen, von einem
Brocken aus der Tunneldecke und viel Schlick
und Schlamm aus der Ems gestoppt worden.
Wäre dies nicht der Fall gewesen, hätte es eine
noch größere Katastrophe für Leer, Bingum und
Jemgum gegeben.
Okko Bruns und seine Kollegen aus Leer und
Aurich waren die ersten, die den Tunnel nach
den ersten Räumaktionen betreten durften.
Riesige Pumpen hatten recht schnell für eine
Trockenlegung gesorgt. Diese Pumpen kamen
direkt von einem auf der Ems gelegenen Saug-
bagger, der ansonsten die Ems säuberte. Der
Bus, ein geborstener Klumpen Blech, befand
sich etwa nach zweihundert Metern im Emstunnel. „Gibt es schon Erkenntnisse, wie viele
der Bande von Wahnsinnigen gestorben sind?",
fragte Okko einen der über fünfzig Spuren-
ermittler im Eingang zum Tunnel „Ja, wir
konnten zwölf der toten Terroristen identifizieren, zwei haben noch keinen Namen",
erwiderte der Einsatzleiter der Spusi. „Können
wir die Toten sehen?", hakte Okko nach. „Nein,
im Moment noch nicht, aber ich weiß, was Sie
wissen wollen", antwortete der Beamte. „Sie
wollen wissen, ob Torre Breedenbeek dabei ist",

klopfte er Okko auf die Schulter. „Ja genau, ich darf mir ja nichts wünschen als Beamter, aber insgeheim habe ich diesen Wunsch", grinste er den Spurensicherer an. Lana und Lennert nahmen Okko in den Arm und lächelten ihm zustimmend zu. „Lass uns erst mal einen Tee trinken, komm wir fahren zu Jimmys in die Altstadt und gönnen uns eine Kanne." „Die beste Idee seit Stunden", lachte Okko, „is ok Teetied in Oostfreesland, Köpke Tee un de Oostfrees is tofree."

Abendsonne

Lübbert Losen, ein Angler aus Leidenschaft, wanderte an einem Sonntagabend, cirka zwei Wochen nach dem Anschlag auf den Emstunnel, am Idasee in Idafehn zu seiner begehrten Stelle, einem reizvollen Bereich am Nordufer des Sees. Der Idasee war das Ergebnis einer ehemaligen Sandendnahme für die B 72. Der See verfügt über einen beliebten Camping Platz und eine gut besuchte Wasser-Ski Anlage. Rund um den See gibt es verschiedene Sportangebote und -geräte als Ergänzung. Der See ist aber in ruhigen Abendstunden auch ein beliebter Angelplatz. Die Abendsonne schien fast malerisch auf den See und verzauberte die erhaschten Blicke auf diese wunderschöne Landschaft. Lübbert genoss diese abendlichen Blicke am Idasee, er konnte nicht genug davon bekommen. Auch wenn er nicht jedesmal einen lohnenden Fang mit nach Hause brachte, fühlte er sich erfüllt. Es war für Lübbert einfach diese Natur, die Entspannung und die unendliche Ruhe, die ihn glücklich machte. Seine Frau hatte ihm ein paar Stullen eingepackt, und zwei Bagbander Bierchen waren auch dabei. Er schlenderte mit Angel und Proviant an der Wasserski-Anlage vorbei und kam fünf Minuten später in der hinteren Rundung des Sees an. Schon von Weitem sah er in Höhe einer kleinen Bucht einen Mann, der seine Angeln ausgelegt hatte. Er freute sich immer wieder über Bekanntschaften mit anderen Anglern und über den damit verbundenen Erfahrungsaustausch. Der Mann an der Bucht saß auf einem Angelhocker und schmiss gerate seine Rute wieder aus. „Petri Heil, junger Mann!", rief er dem Gleichgesinnten fröhlich zu. „Petri Dank", erwiderte der Angesprochene mit einem mürrischen Blick. Lübbert ging trotz knapper und unfreundlicher Antwort auf den sitzenden Angler zu und schaute ihn lächelnd an. „Welch schönes Wetter heute, welch Blick auf den See, genießen Sie es auch so?", fragte er den Angler. Der stand augenblicklich auf und schaute mit einem blitzenden Blick Richtung Lübbert. „Nun hör mal zu, Du Clown, angeln ist eine Form der Entspannung, und man macht das nicht um zugetextet zu werden", antwortete er kalt und abweisend, „also verpiss Dich." Lübbert war schockiert und perplex. So etwas hatte er noch nie erlebt. Nicht typisch für einen Angler, Lübbert musterte den Mann genauer. Der war über eins neunzig groß, muskulös und schaute finster unter seiner Strickmütze hervor. Irgendwie kam der Typ ihm bekannt vor, und irgendwas bereitete Lübbert im gleichen Moment Unbehagen. Der Angler bemerkte Lübberts Unsicherheit und Unbehagen. Er erkannte sofort, dass Lübbert nachdachte. Blitzschnell zog er ein altes Damaszener-Schwert aus seinem Angelköcher und mit nur einer kraftvollen Drehung beförderte er Lübbert Losen nach Walhalla. Den Körper samt Kopf brachte er zum angrenzenden Wald, cirka hundert Meter von der Angelstelle entfernt. Dort begrub er Lübbert mit seinem Klappspaten in Windeseile. Zurück zum Angelplatz verwischte er die Blutspuren und deckte den Sand ab. „Warum hält der nicht einfach die Fresse und geht weiter?", dachte er, nachdem er sich wieder auf seinen Angelstuhl setzte. „Ist es mein Schicksal zu leben?", dachte er weiter. „Nein, es ist mein Schicksal zu überleben", lächelte er zufrieden in sich hinein.

Ich komme noch mal wieder
Ostfriesland, ich stehe noch mal wieder auf
Ostfriesland, ihr werdet von mir hören
Ostfriesland

EALA FRYA FRESENA

EPILOG

Liebe Freunde des Ostfriesland Krimis!

Mit meinem zweiten Werk geht nun vorerst die Reise des Torre Breedenbeek zu Ende. Ob er noch mal wiederkommt, überlassen wir dem Feedback zu diesem Buch. Es war mir eine unvorstellbare Freude, mit diesem Krimi die Geschichte eines fanatischen Friesen weiterzuschreiben und das in einer fiktiven Erzählung einer regionalen Katastrophe mit ganz realen Bezügen. Alle Personen und Handlungen sind natürlich frei erfunden, lediglich die Charaktere einiger Protagonisten durfte ich spiegeln.

Durch mein Hobby und meine Liebe zu Ostfriesland, sind natürlich einige Orte und Plätze real beschrieben. Gerade der Upstalsboom in Aurich Rahe oder die Burg Stickhausen, weisen ein großes Repertoire an mystischen und geheimnisvollen Geschichten auf. Sie gehören zu Ostfriesland wie der Tee oder auch der Grünkohl.

Die Burg Stickhausen ist aktuell durch den sehr engagierten Burgverein wieder begehbar. Vieles wurde verschönert, und ihre historische Bedeutung ist wieder absolut präsent. Ich freue mich jedesmal, dort zu sein, friesische Historie zu erleben und einen Hauch der Geschichte intensiv zu spüren.

Die Serie um den Auricher Hauptkommissar Okko Bruns wird natürlich in veränderter Form und mit neuen Tätern und Opfern weitergehen. Das steht fest.

Ich wünsche euch noch viele spannende und aufregende Geschichten und Abenteuer rund um unsere wunderschöne Heimat Ostfriesland.

Euer Siegfried Klock

Zum Autor

Eala Frya Fresena

Siegfried Klock wurde in Idafehn geboren. Als gelernter Industrieschiffbauer war er bis zum Konkurs bei der Jansen-Werft in Leer beschäftigt. Dann wechselte er in die Automobilindustrie und arbeitet seitdem im Volkswagenwerk Emden.

Aus seiner Liebe zur Heimat und seinem Interesse an politischen und ökonomischen Themen der Region, entdeckte er seine Leidenschaft für's Schreiben und Dichten in hoch- und plattdeutsch. So schreibt er Liedertexte, Verse und Gedichte und übersetzt Texte ins Plattdeutsche.

2020 erschien sein erster Ostfrieslandkrimi „Häuptlingstod am Upstalsboom". 2021 folgte dann mit „Wunnerbaar Fresenland" eine Sammlung von Versen und Gedichten, die er im Laufe der Zeit über seine Facebookseite „Wi sünd Oostfreesen un dat mit Stolt", als Begrüßungsbeiträge veröffentlicht hatte. 2022 erscheint nun mit „Friesenschwur am Upstalsboom" die Fortsetzung von „Häuptlingstod am Upstalsboom".